口のなかの小鳥たち

サマンタ・シュウェブリン

訳＝松本健二

はじめて出逢う
世界のおはなし

マクシミリアーノへ

目次

イルマン 7
蝶 29
保存期間 35
穴掘り男 53
サンタがうちで寝ている 65
口のなかの小鳥たち 81

最後の一周 107
人魚男 115
疫病のごとく 129
ものごとの尺度 139
弟のバルテル 157
地の底 169
アスファルトに頭を叩きつけろ 185
スピードを失って 209
草原地帯 215
訳者あとがき 234

装画　中村幸子
装幀　塙　浩孝

イルマン

Irman

オリベルが運転していた。私はのどが渇いて気分が悪くなりかけていた。見つけたドライブインには人がいなかった。そこは田舎によくある大型のバーで、大量の客が押し寄せたあとに掃除する暇もなかったのか、どのテーブルも、パン屑と空のボトルで散らかっていた。私たちは、窓際の、まったく風を感じない扇風機の近くの席を選んだ。とにかくまずは飲み物だ、と私はオリベルに言った。彼は別のテーブルからメニューをとってきて、自分が興味のある品を声に出して読んだ。男がひとり、ビニールカーテンをめくって現れた。おそろしく小柄な男だった。腰にエプロンを巻き、腕には小汚いチェックのナプキンをぶら下げていた。ウェイターに見えたが、どうもぼんやりしていて、まるで誰かに無理やりそこへ連れて来られたような、なにをすべきかまったくわかっていないような、そんな顔をしていた。彼は私たちのほうへ歩いてきた。

こちらが声をかけると、頷いた。オリベルが飲み物を注文して、暑さについて冗談を言ったが、男はいっこうに口を開こうとしなかった。私は、簡単なものを注文してあげたほうがよさそうな気がして、定食でなにか冷たくて手早い料理はないか、と尋ねると、男は「はい《シー》」とだけ答えて、まるでその《冷たくて手早い定食》なる料理がもともとメニューに載っていて、改めて説明するまでもないかのように、すたすた引きさがっていった。男は厨房に戻り、カウンターに面する窓越しに、その頭が上下するのが見えた。オリベルを見ると、彼は笑っていたが、私はのどがからからで、とても笑える気分ではなかった。しばらくしてから、といっても、冷たい飲み物をとり出して私たちのテーブルまで運んでくるだけにしては長すぎたけれど、男がようやく再び姿を現した。手にはなにも、グラスすら持っていなかった。私はがくっときて、このままなにか飲まないと頭がおかしくなってしまうぞ、と思った。いったいどうしたっていうんだ？　なにを迷っているんだ？　男はテーブルのそばで立ち止まった。額に汗を浮かべ、Tシャツの脇がじんわり湿っている。困惑した表情を浮かべて、なにかを説明するかのように、手を動かしだしたが、途中でやめた。いったいどうしたんだ、と私は男に尋ねた。きつい口調だったと思う。すると男は厨房のほうを振り返って、ぼそっとこんなことを言った。

「実は冷蔵庫に手が届かないんです」

私はオリベルを見た。オリベルは笑いをこらえきれないようで、それがまた私をむしゃくしゃさせた。

「冷蔵庫に届かないってどういうことだよ? それが客に接する態度か?」

「それが実は……」男はナプキンで汗をぬぐった。どうしようもない奴だった。「実は妻が冷蔵庫の邪魔になってまして」

「は……?」私は男を殴りそうになった。

「床に転がってるんです。倒れてしまって、それで……」

「床に転がってるってどういうことだ?」オリベルが割って入った。

「わかりません。わからないんです」男は両掌を上に向けて肩をすくめながら、そう繰り返した。

「どこだ?」オリベルが言った。

男は厨房を指さした。私はただ冷たい飲み物が欲しかっただけなのだが、オリベルが立ち上がるのを見たとき、その望みはすべて断たれた。

「どこなんだ?」オリベルがまた尋ねた。

男は再び厨房を指さすと、オリベルは、用心しいしい、こちらを何度も振り返りながら、そちらに向かい始めた。彼がビニールカーテンの向こう側に姿を消し、私がかくも愚かな男と面と向かって二人きりになるという、不思議な状況になった。

オリベルが厨房から呼ぶ声が聞こえたので、私は立ったままの男をよけて、声のするほうに向かった。ただならぬ事態が予感されたので、ゆっくり歩いた。カーテンを引いてなかをのぞいた。厨房はこぢんまりしていて、棚には皿がぎっしり、また壁のフックからはフライパンや鍋がところ狭しと吊り下げられていた。壁から二メートルほどの床の上に転がっているその女は、まるで岸に打ち寄せられたトドのように見えた。左手にはプラスチック製のお玉を握りしめていた。冷蔵庫はその上、天井下の壁に据え付けてある食器棚の高さに設置されている。街中の売店などでよく見かける、ガラス戸を上から手前に開けるタイプの小型冷蔵庫だったが、それがここではお粗末なコンソールで壁に設置してあり、食器棚の高さから、戸を手前の下へ向けて開くようになっている。オリベルが私を見ていた。

「さてと」私は言った。「こうなったからには、おまえ、策はあるんだろうな」

ビニールカーテンを引く音が聞こえて、男が私のそばに立った。見かけよりもずっと小柄な男だった。私より頭三つほど低かったと思う。オリベルは女のそばに屈んでいたが、その体に触れようとはしなかった。私はその太った女が今にも目を覚まして叫び出すのではないかと思った。女の顔には髪がしなだれかかっていた。目は閉じている。

「仰向けにしてやろう」とオリベルが言った。

男はピクリともしなかった。私は近寄って女の反対側にまわり、二人で動かそうとしたが、女の体は微動だにしない。

「助けてくれないのか?」私は男に尋ねた。

「私の見たところ」みじめな男が答えた。「そいつは死んでます」

私たちはぎょっとして女の体から手を離し、まじまじと見つめ合った。

「死んでいるだと? どうして先に言わない?」

「確証はないんです。そんな気がするってだけで」

「おまえ、さっきは《私の見たところ》と言ったぞ」オリベルが言った。「こんどは《そんな気がする》はないだろう」

「そんな気がするっていう風に、私としちゃあ見ているわけですよ」

オリベルが私を見て、なにか《一度この馬鹿をしばき倒してやらねば》に近い表情を浮かべた。

私は屈んで、女のお玉を握っているほうの左手首をとって、脈を見た。なかなか答えを出さない私にじれたオリベルが、女の鼻と口に指を当てて、すぐにこう言った。

「この女はとっくに死んでいる。行くぞ」

すると今度は男が慌てだした。

「行っちゃうんですか？　お願いします、待ってくださいよ。私ひとりじゃどうしようもありません」

オリベルは冷蔵庫を勝手に開けてジュースを二本とり出し、一本を私に渡すと、毒づきながら厨房を出ていった。私もあとを追った。瓶の蓋《ふた》を開けたが、それが口に触れることは永遠になさそうな気がした。のどが渇いていたことをもうすっかり忘れていた。

「で、どう思う？」オリベルが言った。私はほっとして息を吸った。ふいに十歳ほど若返って機嫌も良くなった気がした。「倒れたのか、あるいは倒されたのか」と彼は言った。まだ厨房の近くにいたが、声を低めようともしなかった。

「あいつがやったとは思えないな」私は声を低めて言った。「そもそも女がいなけりゃ冷蔵庫に手が届かないんだろう？」

「あんなのは簡単に届くぜ……」

「本気であいつが殺したと思っているのか？」

「脚立でもなんでも使えば手が届く。テーブルに乗ったっていいし、バーには椅子がこれだけたくさんあるんだ……」周りを指さしながらオリベルは言った。わざと大きな声で話しているようだったので、私は声をいっそう低めて答えた。

「たぶんあいつは可哀そうな奴なんだ。単なる馬鹿なんだよ。厨房で大女が死んで、ひとりぼっちになっちまっただけさ」

「そういうことにしたいわけか？　じゃあ、二人であいつを抱えあげて、冷蔵庫に届いたら離してやろう」

私はジュースを二、三口飲み、厨房のなかをじっと見つめた。不幸な男は太った女のそばに立って、調理台を両手で抱えたまま、どこに置けばいいかわからないようだった。オリベルがもう一度あちらへ行こうと目配せをした。私たちが見ている前で、男は調理台を脇に置き、太った女の手をとって、引っ張ろうとした。女の体は一センチたりとも動かなかった。二、三秒休んでから、また引っ張った。今度は調理台の脚を女の片脚と膝のあたりに乗せ始めた。それから台に這《は》い上がって、冷蔵庫へ思い切り手を伸ばした。高さは届いていたが、台がまだ壁から遠すぎた。男が台から降りようとしてこちらを振り向いたので、私たちは身を屈めて壁際にうずくまった。私はカウンターの下部に物がないことに驚いた。カウンターの上やグラス置き場や食器棚は物でいっぱいなのに、床の高さにはなにもないのである。男が台を動かす音が聞こえた。そしてため息。音が途絶え、私たちは待った。男がいきなりビニールカーテンをめくって姿を現した。怖い顔で包丁を握っていたが、私たちの顔を見るとほっとして、またため息をついた。

「冷蔵庫に手が届かないんです」と言った。

私たちは立ち上がろうともしなかった。

「どこにも届かないんだろ」とオリベルが言った。

男はまるで、神様が降臨して生きる意味を教えてくれたとでも言わんばかりの顔をして、オリベルの顔をまじまじと見つめた。包丁を手から落とし、がらんとしたカウンターの下の空間を見まわした。オリベルは満足げな顔だった。これで男もようやく痴呆の彼方から帰還したようだ。

「ためしにオムレツでも作ってみろ」とオリベルが言った。

男は厨房のほうを振り向いた。驚きのあまり惚《ほう》けた顔で、壁か食器棚から吊り下げられている調理器具と鍋類を見まわした。

「いやいや、やめておこうか」オリベルが言った。「簡単なサンドウィッチでいい。それなら作れるだろ」

「無理です」と男が言った。「サンドウィッチメーカーに手が届きません」

「なにも焼かなくたっていいんだよ。ハムとチーズをパンで挟むだけでいい」

「無理です」と男は言い、さらに「無理です」と頭を振って繰り返した。恥じいっているようだった。

「よし。だったら水を一杯もってこい」

男は首を横に振った。

「あのな、おまえ、だったらさっきまでいたあの客の大群にどうやって料理を出したっていうんだ?」オリベルがテーブルのほうを指さして言った。

「考えさせてください」

「考える必要なんてないんだよ。おまえに必要なのはあと一メートルの背丈だ」

「彼女がいなくてはどうにも……」

私は、男のためになにか冷たい飲み物でもとって来よう、ひと息つけば落ち着くかもしれない、と思って立ち上がりかけたが、オリベルに制止された。

「こいつにやらせるんだ」と彼は言った。「なにごとも勉強だ」

「おいおい、オリベル……」

「おまえ、なにか自分でできることを言ってみな。ひとつでもいい」

「料理を受けとって運ぶこと、テーブルの片づけをすること……」

「本当にできるのか」オリベルが言った。

「……サラダを混ぜたり、味付けすることもありますよ、彼女が低い台の上にぜんぶ載せてくれたら。皿を拭いたり、床を磨いたり、埃《ほこり》を……」

「よしよし、もうわかった」

そのとき男がびっくりした顔でオリベルを見つめた。

「あなた……」と男は言った。「あなたなら冷蔵庫に手が届きますね。あなたなら料理もできるだろうし、私に必要なものを……」

「なにを言ってる？　誰がおまえに必要なものを渡したり……」

「でもあなたならここで働けますよ、背丈もあるし」男は、やめればいいのに、オリベルへおずおずと近寄った。「お金ならちゃんと払います」と男は言った。

オリベルは私に振り返った。「この馬鹿、人をからかってやがる。俺のことをからかっているぞ」

「お金ならあります。週に四百ペソでどうでしょう。じゅうぶん払えますよ。五百では？」

「週に五百ペソも払うだと？　おまえ、ひょっとしてこの店の裏に御殿でも構えているのか？　この馬鹿ときたらまったく……」

私は立ち上がってオリベルの背後にまわった。男を今にも殴りそうだったからだ。彼が思いとどまったのは、男の身長のせいだと思う。

友人が、まるで見えないパン種をこね、だんだんと指でつまめるくらいの塊になるまで小さくするかのように、手を動かすのが見えた。その両腕がわなわなと震え始め、顔が赤黒くなった。

「おまえの金なんぞ要らん」と言った。

オリベルは先ほどまでと同じく、男が話すたびに信じられないという表情で私を見るようになっていた。楽しんでいるようにも見えたが、私は彼の性格を誰よりもよく知っている。人からあれこれ指図されるのが大嫌いな男なのだ。

「お乗りのバンを見る限り」男が店の外を見ながら言った。「おそらく私のほうが金儲けは上手です。あなたより」

「こん畜生」とオリベルが言い、男につかみかかった。私はなんとか彼をおさえた。男は恐れる様子もなく、まるで身長が一メートル伸びたかと思うほど堂々とした態度でわずかに退き、オリベルが落ち着くのを待った。私はオリベルから手を離した。

「よし」オリベルが言った。「いいだろう」

男を睨《にら》み、怒り心頭のようではあったが、冷静さをとり繕いつつも、どうやら腹に一物あるようで、それからこんなことを言った。

「金はどこだ?」

私は理解できずにオリベルの顔を見た。

「盗もうというわけですか?」

「俺は自分がやりたいことをやるんだよ、このくそったれ」

「なにをするつもりだ?」私は言った。

オリベルは一歩前に出て男のシャツをつかみ、そのまま床からもちあげた。

「金はどこなんだよ、おい?」

オリベルが乱暴につかみあげたせいで、男の体は左右にぶらぶら揺れていた。しかし男はオリベルの目を見つめたまま、口を開こうとしない。

「こら」オリベルが言った。「金をもってこないと歯をへし折るぞ」

彼は拳をしっかりと握りしめて、男の鼻先に突きつけた。

「わかりました」男が言った。

オリベルが男を離した。男は床に落ち、シャツのしわを直してから、一歩退いた。ゆっくりとカウンター沿いに厨房の反対へ向かって歩き、そこにあったドアの向こうに姿を消した。

「馬鹿めが」オリベルが言った。

私は男に聞かれないよう、彼の耳もとに近寄って、囁《ささや》いた。

「おまえ、なにをやってるんだ？　厨房で女が死んでるっていうんだぞ、とっととずらかろうぜ」

「あいつが俺の車を見て言った台詞《せりふ》を聞いたか？　あのガキ、俺を雇いたいなんて言い出しやがった。俺のボスになるだと。わかるか？」

オリベルはカウンター上の棚を調べ始めた。

「あのガキ、きっとこのあたりに金を隠しているはずだ」

「行こう」私は言った。「もう仕返しはじゅうぶんだろう」

彼はボトルを何本かずらし、書類をかき分けているうちに、木の箱を見つけた。古い箱で《葉巻》という文字が手で彫ってあった。

「これは金庫だな」オリベルが言った。

「出ていけ」という声が聞こえた。

男がバーの真ん中で、二連式の猟銃をオリベルの頭に向けて、立っていた。オリベルが箱を背中に隠した。男が安全装置を外して言った。

「一」

「行こう」と私は言い、オリベルの腕をつかんで歩き始めた。「申し訳ない、ほんとうに悪いことをしたよ。奥さんのことも気の毒だったね、私は……」

わがままな子どもの手を引く母親のように、オリベルを力ずくで引っ張らねばならなかった。

「二」

男のそばを通りすぎた。銃がオリベルの頭からほんの一メートル先にあった。

「申し訳なかった」私はもう一度言った。

入口の近くまで来た。金庫をもっているのを男に見られないよう、オリベルを先に外へ出した。

「三」

私はオリベルの腕を離して走り出した。オリベルは、怖かったのか怖くなかったのかはわからないが、走らなかった。私たちはバンに乗り込んだ。オリベルが箱を座席の上に置いてエンジンをかけ、車をもと来た方角へと向けて走らせ始めた。店の脇の溝を横切るときと、駐車場から街道に移るときにバンが激しく揺れたが、オリベルはなにも言わなかった。少しあとになって、前方の道から目をそらさずに、ようやくこう言った。

「開けてみな」

「おいおい、こいつは……」

「つべこべ言わずに開けろって」

私は箱を手にとった。それは軽く、大金を入れるにしては小さすぎた。宝石箱のような可愛らしい留め金がついていた。私はそれを開けた。

「なにがある？　いくら入ってた？　いくらだ？」

「おまえは運転してろ」と私は言った。「どうやら紙切ればかりのようだ」

私はなかにあったものをひとつずつ調べ、オリベルもときたま顔を横に向けて、それらの品々を眺めた。木箱の蓋の裏側には《イルマン》という名前が彫ってあり、その下には、例のあの男がとても若いころにどこかの駅でトランクの上に座っているところを撮ったと思《おぼ》しき、一枚の写真が貼ってあった。男は幸せそうな顔をしていた。撮ったのは誰なんだろう、と私は考えた。男宛てに書かれた手紙もあった。冒頭に《愛するイルマンへ》《イルマン、私の大切な人へ》などと記された手紙、男の署名入りのポエム、ほとんど粉末化したミントキャンデー、男が所属するクラブのロゴが入った《今年度最優秀詩人賞》のプラスチック製メダル。

「金はあるのか、それともないのか？」

「手紙ばかりだ」と私は言った。

オリベルは箱を乱暴に奪いとり、窓の外に放り捨てた。

「なにをするんだよ?」私は一瞬振り返って、箱の中身がアスファルトの上に散らばり、紙が空中を舞い、メダルが転がって遠ざかっていくのを眺めた。

「ただの手紙だろ」とオリベルが言った。

それから少しあとのことだった。

「なあ……ここで止まっていりゃあよかったんだよ。ほら見な。《炙り肉食い放題《アサード》》だってさ。どうして気づかなかったのかね」それから運転席でぶるぶるっと、まるで心から悔やむかのように、体を震わせた。

蝶

Mariposas

今日のうちの娘の服は、それはもう可愛いんだぞ、とカルデロンがゴリッティに言う。これがまた、あの子のあのくりっとしたアーモンドみたいな目、君も見ただろう、それにあの細い脚によく合うんだよ……。二人はほかの親たちに混じって、子どもたちが出てくるのを今か今かと待っている。カルデロンが話を続けるが、ゴリッティは閉じた扉をただ見つめている。よく見ておけ、とカルデロンが言う。君もここにいるんだ、すぐそばにな、もうすぐ出てくるから。で、君の息子はどうなんだい？　ゴリッティは痛そうな表情を浮かべて歯を指さす。そいつは大変だ、とカルデロンが言う。ネズミが夜中に齧《かじ》るとかいう話をしてやったかい……？　まあ、うちの娘には通じないだろうなあ、あの子は頭がいいからね。ゴリッティは時計を見る。もうすぐ扉がいっせいに開いて、色とりどりの服をときには絵具やチョコで汚した子どもたちが、がやがやと笑いながら、弾かれたように飛び出してくるはずだ。だが、どういうわけか、鐘がいつまでも鳴らない。親たちは待つ。カルデロンの腕に蝶が一匹とまり、彼はすかさずそれを捕まえる。蝶は逃げようとしてもがくが、カルデロンは両翅《りょうし》の先をつまんで離さない。逃げないようきつくつまむ。彼は蝶をぶらぶら振りながら、ゴリッティに向かって、あの子にこれを見せてやろう、きっと気にいるぞ、と言う。だが、強くつまみすぎたのか、指がくっついてしまった気がしてくる。指を少しずらすと、やはりくっついているのがわかる。蝶が逃げようとしてばたつき、羽の一枚がまるで紙のように真ん中で破れる。しまった、カルデロンが言い、蝶を再びつまんで傷の程度を見ようとするが、片指に羽の一部がべったりとくっついている。ゴリッティがそれを見て気持ち悪そうに首を振り、捨てろ、という仕草をする。カルデロンが指を離す。蝶が床に落ちる。蝶はよろよろと体を動かし、飛び立とうとするができない。ついには動かなくなり、ときどき片方の羽をピクリとさせるが、もう飛ぼうとはしなくなる。さっさと楽にしてやれよ、とゴリッティが言い、カルデロンは、もちろん蝶のためを思って、ぐいっと踏みつける。その踏みつけた足を動かす間もなく、彼は、ある不思議なことが起こるのに気づく。扉のほうを見ていると、まるで突風で錠前が弾き飛ばされてしまったかのように、扉がバタンといっせいに開いて、そこから色とりどりの、大小何百匹という蝶が、外で待っている親たちをめがけて飛び出してくる。カルデロンは自分を襲いに来るのだろうかと思い、殺されると思ったかもしれない。ほかの親たちは驚く気配もなく、蝶たちはただそのまわりを飛び交っている。最後の一匹が遅れてやってきて、ほかの蝶たちに追いつく。カルデロンは、開いた扉と中央ホールのガラス窓ごしに見える静かな教室を、見つめたままでいる。親たちの何人かは、まだ扉の近くに集まって、子どもたちの名前を呼んでいる。すると、蝶たちがすぐに飛び出してきて、それぞれ違う方向へ飛び立っていく。親たちが捕まえようとしてその後を追う。いっぽう、カルデロンは、まだじっとしたままだ。踏み殺した蝶から、なかなか足をあげられないでいる。彼はたぶん、死んだ蝶の羽の色が、娘の服の色と同じであることを認めるのが怖い。

保存期間

Conservas

一週間が過ぎ、ひと月が過ぎ、私たちはだんだん、テレシータがこちらの計画より早まるのではないかと思い始めている。奨学金はあきらめねばならないだろう、二、三か月もすれば、勉強を続けるのも容易ではなくなるからだ。たぶんテレシータのせいではなく、単なる不安が原因で、私は食べることがやめられず、太り始めている。マヌエルが、椅子やベッドや庭にいる私のもとまで、食事を運んでくれる。トレイにきちんと食事がのっている。キッチンは清潔だし、棚には品物がそろっているし、まるで罪の意識かなにかが、彼に、私が望むことをするよう仕向けているかのようだ。でもマヌエルは元気をなくしていて、あまり幸せそうに見えない。家に戻るのは遅く、私のそばにもいてくれず、この話題を出すのをいやがっている。

さらにひと月が過ぎる。ママもあきらめて、私たちにプレゼントを買い、少し悲しそうな顔で――ママの性格はよくわかっている――それを渡す。ママが言う。

「これがマジックテープでとめるおむつ交換台……。これが純正コットンのソックス……これがフードつきのタオル地オーバーオール……」パパが、私の手に渡るプレゼントを見るたびに、いちいち頷く。

「ああ、わからないわ……」と私は言い、そして、それがプレゼントの話なのかテレシータの話なのか、自分でもわからない。「本当のところ、私にはわからないのよ」あとで夫の母が色とりどりのシーツ一式をもってきたときにも言う。「わからない」もはやなにを言っているのかもわからないままそう言い、シーツを抱きしめて、めそめそ泣きだす。

三か月目にはもっともっと悲しい気持ちになる。起きるたびに鏡と向き合い、しばらくそこを動かない。顔、腕、体全体、とりわけおなかが、だんだん膨らんでいく。ときどきマヌエルを呼んで、隣に立ってみて、と言う。逆に、彼のほうは、ますます痩せていく。そのうえ、私に話しかける機会も減っていく。彼は仕事から帰ってくると、座って頬杖をつきながら、テレビを見る。もう私のことを愛していないとか、前ほど愛していないとかいうわけではない。マヌエルが私を大好きなことはわかっているし、私と同じく、いずれ彼のものとなる私たちのテレシータになにか不満があるわけでもないことは、わかっている。でも、彼女がやってくるまでにしなければならないことが山のようにあるのだ。

ときどきママが、おなかを撫《な》でさせて、と言う。私が椅子に座ると、ママは優しく慈しみ深い声で、テレシータに語りかける。いっぽう、マヌエルの母は、しょっちゅう電話をかけてきて、元気にしているか、今どこにいるのか、なにを食べているところなのか、気分はどうかなどと、思いつく限りのことを私に尋ねる。

私は不眠症になった。夜もベッドの上で目が覚めたまま過ごす。テレシータの上に両手をのせて、天井を眺める。ほかにはなにも考えられない。ある国で車をレンタルして別の国で返すとか、フリーザーで凍っている三十日前に死んだ魚を解凍するとか、家から出ずに代金を払うとか、そんな素敵そうなことが今も起き続けているこの世界で、こんなつまらないこと、ちょっとだけ出来事の組み合わせに乱れがあっただけのことが解決できないなんて、私は理解に苦しむ。要するにあきらめきれない。

そこで、私は医療福祉士に指導されたことを忘れて、ほかの手段を探す。産婦人科医、民間医療師、挙句の果てには呪術医にまで相談をもちかける。誰かにある産婆の電話番号を教えてもらったので、そこへ電話をかける。でも、そういう人たちは、私が望んでいたこととはまったく関係のない方法、つまり、たいして普通と変わらないか、あるいは邪悪な解決策を提案してくるばかりだ。こんなにも早くテレシータを授かると思うと、気がふさぐが、だからといって彼女を傷つけたくはない。そして、そんなときに、私はワイズマン先生のもとに辿《たど》りつく。

その診療所は中心街にある古いビルの最上階にある。秘書はおらず、待合室もない。狭い玄関ホールと部屋が二つだけ。ワイズマン先生はとても優しい人で、私たちをなかへ通し、コーヒーを淹れてくれる。会話のあいだ、彼は特に私たちの家族構成について、私たちそれぞれの親について、結婚生活について、私たちそれぞれの個人的つきあいに興味を示す。私たちは彼が尋ねることのすべてに答える。ワイズマン先生はデスクに肘をついて両手の指をからみ合わせながら、私たちの語るプロフィールに満足げな様子だ。彼は自らの経歴についいて、研究の進捗状況について、そして私たちを相手にどんなことができるかを語るが、私たちが最初から聞く耳をもっていることがわかると、さっそく治療の説明にとりかかる。私はときどきマヌエルを見る。彼は先生の話にじっと耳をすませ、頷き、興奮しているようだ。先生の立てた案は、今の食生活と、睡眠と、呼吸法と、薬の服用にかんする変化を伴うものだ。ママとパパと、さらにはマヌエルの両親とも、話をせねばならないだろう、彼らの役割も大切になるからだ。私は、あらゆることを、ひとつずつノートに書き留める。

「この治療でうまくいくのでしょうか?」私は尋ねる。

「だいじょうぶです、きっとうまくいきますよ」ワイズマン先生が答える。

翌日、マヌエルは仕事へ行かない。私たちはやかましく喋りながら、書類でいっぱいの居間に座って、作業にとりかかる。テレシータが早まってしまったのではないかと私たちが疑い始めてから今に至るまでの経緯を、できるかぎり正確にメモしていく。互いの両親を呼び出して、彼らにすべてを打ち明ける。やるべきことは決まった、治療は始まった、もはや議論の余地はないと。パパがなにか尋ねようとするが、マヌエルがそれを遮る。

「僕たちが言うことに従ってくれますか」マヌエルが言う。「お父さんがお感じになっていることはわかります。でも僕たちは真剣です。ですから皆さんにも同じことをしてほしいんです、決まった時刻に、タイミングよく」

親たちは心配そうで、まだ事態をよくのみこめていないとは思うが、こちらの指示に従うと約束し、各自の計画表をもって、家に帰る。

最初の十日が過ぎるころには、物事が前より少しスムーズに進み始める。私は薬を日に三錠、定刻に服用し、一回一回必ず《意識的呼吸》を実践する。意識的呼吸は治療の根幹をなすもので、ワイズマン先生が自ら発明し、普及させようとしている、リラックスとコンセントレーションの循環を利用した革新的な治療法だ。まず、庭の芝生のうえで、《大地の湿ったおなか》とのコンタクトに、心を集中させる。一度吸って、二度吐くところから始める。そのうちに、五秒吸って、八秒吐くところまでもっていく。何日か練習するうちに、十秒吸って、十五秒吐けるところまでいったので、ここから意識的呼吸法の第二段階へと移り、私は自分の体のなかのエネルギーの向きを感じ始める。ワイズマン先生は、それは前のよりも時間がかかると言っているが、同時に彼は、やってみれば必ずできることだから、頑張り続けなさい、とも主張する。エネルギーが体内を循環する速さを、具体的にイメージできる瞬間がある。それは、かすかなくすぐったさのような感覚で、だいたい唇と手足にまず現れる。そうなればコントロールは簡単だ。だんだんリズムを遅くしていけばいい。目標は完全にストップさせること。そして、静かに逆方向へと再スタートさせてやるのだ。

マヌエルは、私に対して、まだあまり優しくできないでいる。彼は、二人でつくった計画表に従って、ときどき夜遅くに戻ってきて最低限必要なことを話す以外は、一か月半のあいだ、私と距離を置かねばならないのだ。彼は自分の役割をきちょうめんに果たしているが、私はあの人のことをよく知っているし、実は、心のなかでは、彼がもう元気になっていて、私を抱きしめてどれだけ会いたかったか言いたくてたまらないことが、わかっている。でも、当面は、これまでどおりに、きちんと事を進めなければならない。いっしょに出かけることもできないし、一秒たりとも筋書きからそれるような真似はできない。

一か月が経ち、私の意識的呼吸法は上達し続けている。エネルギーの循環を完全にストップさせることができているような気がする。ワイズマン先生は、あともう少しだ、あとほんの少し努力するだけでいい、と言っている。不安が減って、少し楽になっていることに気づき始める。マヌエルの母は、計画表の項目に従って最大限の努力をしているようで、徐々に――このことが大事なので彼女には何度も言い聞かせておいた――徐々に電話をかけてくる回数を減らし、テレシータのことばかり話して人を不安にさせることがないよう、気を遣ってくれている。

二か月目は、おそらく、さらなる変化の月だ。私の体にもう前のような膨らみはなくなり、二人とも驚き、そして喜ばしいことに、おなかが徐々にへこみ始める。この急な変化に、親たちはやや慌てる。きっと、彼らも、治療法の仕組みをようやく理解するか、感づくかしているのだろう。特に、マヌエルの母は、最悪の事態を恐れているようで、できるだけ目立たず、計画表に従うようにはしているものの、私は彼女の恐怖と疑惑を察していて、そしてそのことが治療に悪い影響を及ぼさないか気がかりだ。

夜はよく眠れるようになり、前ほど気がふさぐこともない。私は意識的呼吸法の上達をワイズマン先生に報告する。先生は大喜びで、どうやら私はあと少しでエネルギーの方向を変えられるみたいだ。あとほんの少し、あと一歩で目的を達成できるのだ。

三か月目、つまり終わりから二番目の月が始まる。ここは私たちの親たちのほうが主役になる月だ。私たちは、彼らが約束を守り、計画がなにごともなくスムーズに進むよう、願ってやまない。そして彼らは実際そのようにし、とてもよくやってくれて、私たちはありがたい気持ちになる。マヌエルの母がある日の午後やってきて、彼女がテレシータのためにもってきてくれたカラーのシーツを返すように言う。かなり前もって段取りを練ってきたのだろう、シーツを収めた箱を包むのに、なにか袋が欲しいと言う。だって袋に包んでもってきたんですからね、同じように袋に包んでもって帰らなくちゃ、と彼女は言い、片目をつぶってみせる。次は、私の両親の番だ。やはり、自分たちの贈り物を引き取りにやってきて、ひとつずつ返すように言う。まずピケ織りのフードのついたタオル地のオーバーオール、次は純正コットンのソックス、最後はマジックテープのベルトがついた丸洗いOKのおむつ交換台。私はそれらを袋に包む。ママが、最後にもう一度おなかを撫でさせてほしい、と言う。私が肘掛椅子に座ると、ママはその隣に座って、優しく、あやすように話しかける。私のおなかをさすって、これが私のテレシータなのね、本当に今すぐにでも会いたいわ、と語りかける。私はなにも言わないが、わかっている。ママはできることなら、もし私たちのつくった計画表に従わないでもすむなら、きっと泣き出していたことだろう。

最後の月はあっという間に過ぎる。マヌエルは私に近づいてもよくなり、実際、私も彼がそばにいてくれたほうが、くつろげる。私たちは鏡の前に立って笑う。この感覚は、旅を始めるときに感じるものとは、まるで正反対だ。旅立つ喜びではなく、とどまる喜びだ。人生最高の一年に、まったく同じ条件のもう一年がおまけについてくるようなものだ。自分が以前のままでいられるチャンスなのだ。

おなかの膨らみもずいぶん目立たなくなった。おかげで体を動かすのが楽になり、やる気も出てきた。私は最後にもう一度ワイズマン先生を訪ねる。

「そろそろだね」と先生は言い、保存容器をデスクにのせて私のほうに押しだす。容器は凍っているので、私はワイズマン先生に指示されたとおり、保冷パックをもってきた。家に帰ったらすぐ冷凍庫に保管せねばならない。私は容器をもちあげる。なかの液は透明だが、色のないシロップみたいに、どろっとしている。

　ある朝、意識的呼吸法を実践しているとき、とうとう最終段階に至る。ゆっくり息を吸うと、体が、大地の湿り気と、私を包むエネルギーを感じる。もう一度息を吸い、もう一度吸い、さらにもう一度吸う、するとそのときすべてが静止する。エネルギーが私の周りで形をもったような、そして、それが少しずつ逆向きに流れ出す瞬間が、手にとるようにわかるようだ。まさに、全身が洗われて若返るような感覚、まるで淀んでいた水や空気が元の流れを取り戻したかのようだ。

　そして、その日がやってくる。冷蔵庫に貼ったカレンダーに印をつけた日。初めてワイズマン先生の診療所を訪れた日に、マヌエルが赤く印をつけた日だ。いつそれが起きるのかはわからず、私は心配だ。マヌエルは家にいる。私はベッドに横になっている。マヌエルが、落ち着かない様子で行ったり来たりしている足音が、聞こえてくる。私はおなかに触る。それは普通のおなか、普通の女性のおなか、要するに妊娠しているおなかではない。それどころか、ワイズマン先生の話では、治療の効果は絶大なのだ。今の私は、むしろ痩せすぎ、テレシータの一件が始まる前よりずっと痩せている。

朝も昼も、ずっと部屋に閉じこもって、私は待つ。食欲もないし、お出かけしたくもないし、話もしたくない。マヌエルがときどき顔をのぞかせて、大丈夫か、と尋ねる。ママが壁をつたって登ってきているんじゃないか、などと思ったりもするが、うちに電話をかけても会いに来てもいけないことは、みんながわかっている。

今、少し前から、私は吐き気がしている。胃が焼けるように熱く、だんだんずきずきしてきて、もう今にも破裂しそうだ。マヌエルに知らせないといけないのだが、立ち上がろうにも、立ち上がれない。それほど目が回っていることに、自分でも気づいていなかったのだ。マヌエルを呼んで、ワイズマン先生に電話してもらわなければならない。どうにか立ち上がる。目が回る。床にしゃがみこみ、膝をついて少し待つ。意識的呼吸法のことを考えるが、私の頭は、もうそれどころじゃない。怖くなる。ひょっとして、なにかまずいことが起きて、テレシータを傷つけてしまったのではないか。テレシータはすべてを知っていて、ひょっとすると、今、すべてがまずい方向に向かっているのではないか。マヌエルが部屋に入ってきて、駆け寄ってくる。

「もっと先に延ばしたいだけなの……」と私は言う。「こんなつもりじゃ……」

このまま寝かせておいてほしい、たいしたことはないから、ワイズマン先生のところへ行って、ぜんぶ台無しになったと伝えてきてほしい、と彼に言いたい。でも、言葉が出てこない。体が震えて、どうにも抑えきれない。マヌエルが膝をついて、私の手をとり、話しかけるが、その言葉も耳に入らない。吐きたくなる。口を覆う。マヌエルがそれにすかさず反応し、私を残して、台所に走る。ほんの数秒も経たないうちに、殺菌済みのコップと《ワイズマン先生》というシールが貼られたプラスチック容器をもってくる。容器の密封帯をはがし、透明な中身をコップに注ぐ。私はまた吐きたくなるが、吐けない、吐きたくないのだ、今はまだ。吐き気、また吐き気、だんだん吐き気が強くなってきて、息もできなくなる。私は初めて死の可能性を考える。そのことをちょっとでも考えるだけで、もう息ができなくなる。マヌエルは私を見つめるばかりで、どうしていいかわからない。吐き気がおさまると、今度はなにかが喉につまる。私は口を閉じ、マヌエルの手首を握る。そのとき喉の奥から、なにか小さなもの、アーモンドの実のようなものがのぼってくるのを感じる。舌のうえにそれをのせる。なにか脆《もろ》いものだ。なにをすべきかはわかっているのに、それができない。今後、何年間かは絶対に忘れようもない、ものすごく奇妙な感触が伝わる。マヌエルを見る。私が必要なだけ待ってくれるようだ。あの子も私たちを待ってくれているはず、と思う。あの子は大丈夫だわ、決められた瞬間まで。そのとき、マヌエルが保存容器を私に近づけ、私はついに、そっと、あの子を吐き出す。

穴掘り男

El cavador

休みをとる必要があったので、町から遠い海辺の村に、一軒の古屋敷を借りた。町から海に向かって十五キロの砂利道《じゃりみち》を行ったその先に村はあった。近づくにつれて草地になり、そこから先は車が進めそうもなかった。目指す家の屋根が遠くに見えていた。降りてみることにした。とりあえず必要な荷物をとって、歩き始めた。そろそろ暗くなりかけていて、海はまだ見えなかったが、波の打ち寄せる音が聞こえた。あとほんの数メートルのところで、なにかとぶつかった。

「旦那ですかい?」

ぎょっとして後ずさった。

「旦那ですかい?」ひとりの男が辛《つら》そうに立ち上がった。「一日だって無駄にしませんでしたよ、そりゃもう……。あの世の母に誓って本当のことでさあ……」

男は早口でそう言い、服の皺《しわ》を伸ばして髪を撫《な》でつけた。

「ちょうど昨日の夜からです……。だって旦那、こんな近くにいるんだ、また明日にするとか言って放り出すわけにもいかんでしょう。さあ、どれどれ」と男は言い、ぶつかった場所の先の雑草のなかに掘られた穴に、もぐり込んだ。

私はしゃがんで、穴のなかをのぞいた。直径一メートル以上、なかは暗くて見えない。現場監督の顔さえ間違う労務者が、いったいこんな場所で誰のために働いているのだろう？　こんな深い穴を掘って、いったいなにを探しているのだろう？

「旦那も降りますか？」

「誰かと間違えていると思う」と私は言った。

「なんですって？」

私は、降りない、と彼に言い、返事がなかったので家に向かった。入り口の階段のところまで来たとき、遠くから男の声が、そうですか、旦那、仰せのままに、と言うのが聞こえた。

翌朝、車に置いてきたほかの荷物をとりに出かけた。男は玄関ポーチに腰かけて、両膝のあいだに錆《さ》びたシャベルを挟んで、うつらうつらしていた。私の姿を見ると、シャベルを置き、慌ててあとをついてきた。男は黙って私の後ろを歩いた。車に着くと、男は私が荷物を降ろすのを見守り、それからいちばん重い箱を運んでくれた。彼は、この箱も計画のうちですか、と尋ねた。

「まずは整理をしなきゃ」と私は言い、家の入り口に着いたところで、男が運んでくれた箱を引きとった。なかに入れたくなかったのだ。

「へい、へい、旦那、仰せのままに」

なかに入った。キッチンの窓から海岸が見えた。波はほとんどなく、泳ぐにはもってこいの海だった。キッチンの反対側に戻り、入り口横の窓から外をうかがってみた。男はまだそこにいた。ふと穴を見たかと思うと、次は空模様を眺めたりしている。私が姿を現すと、男は姿勢を正し、礼儀正しくお辞儀をした。

「どうしましょう、旦那？」

こちらが軽く合図するだけで、男がすぐにでも穴へ走り、また掘り続けるということがわかった。私は穴のある草地のほうを顎《あご》で示した。

「あとどれだけかかると思うかね？」

「あとほんのちょっとですよ、旦那、ほんのちょっと……」

「君の言う、ほんのちょっと、とはどれくらいの時間だ？」

「ほんのちょっとでさあ……ほかに言いようがありません」

「今夜にも仕上げられると思うか？」

「はっきりとは言えないなあ……おわかりでしょう。こいつはあたし一人の手にかかってるわけじゃないんです」

「よし、そんなにやる気満々なら、さっそくやるがいい」

「合点です、旦那」

私の見守る前で、男はシャベルをとってポーチの階段から草地に降り、穴のなかに入っていった。

あとで村に行ってみた。よく晴れた朝で、海で過ごすための海水パンツも欲しかった。結局のところ、自分のものでもない家の軒先で穴を掘る男のことなど、気にしても意味はない。たった一軒だけ開いていた店に入った。店員が、私の買った品を袋に詰めながら、声をかけてきた。

「で、お宅の穴掘り男はどうしてます?」

たぶん誰かほかの客が答えてくれるものと期待して、私はしばらく黙ったままでいた。

「私の穴掘り男だって?」

店員が袋を差し出した。

「ええ、あなたの穴掘り男ですよ……」

私は料金を渡し、戸惑いながら相手を見つめた。去る前に思わずこう尋ねていた。

「穴掘り男をなぜ知っているんだ?」

「なぜもなにも、あの穴掘り男でしょう?」店員はまるで質問の意味がわからないかのように、そう答えた。

家に戻ると、穴掘り男がポーチで寝ていて、私がドアを開けるとすぐ目を覚ました。

「旦那」男が立ち上がりながら言った。「だいぶ進みましたよ、だんだん近づいていているんじゃないですかね」

「暗くなる前に海へ行こうと思うんだ」

どうしてそう言ったほうがいいと思ったのかは覚えていない。でも、男はこの私のひと言にすっかり喜び、いっしょに行く、と言いだした。男を外で待たせて水着に着替え、その少し後には二人いっしょに海を目指して歩いていた。

「穴をそのままにして大丈夫かな?」私は彼に尋ねた。

穴掘り男が立ち止まった。

「戻ったほうがいいですか?」

「いやいや、ただ訊《き》いただけさ」

「でも、もしなにかあったら……」と男は言い、帰りたそうなそぶりを見せた。「とんでもないことになっちまうよ、旦那」

「とんでもないこと？　なにが起きるんだ？」

「ちゃんと掘り続けなきゃ」

「どうして？」

男は空を見上げ、なにも答えなかった。

「まあ、そう心配するな」私は歩き続けた。「私と来るんだ」穴掘り男はためらいがちに私のあとをついてきた。

海岸に着くと、私は波から数メートルのところに座って、靴と靴下を脱いだ。男は私のそばに座り、シャベルを置いて、ブーツを脱いだ。

「泳げるのか？」と私は尋ねた。「いっしょにどうだ？」

「いいえ、旦那。よければ、私は見てますよ。それにシャベルももってきました、なにか新しい案が浮かぶかもしれないですし」

私は立ち上がり、海に向かって歩いた。水は冷たかったが、男が見ていることがわかっていたから、そこで引き返したくはなかった。

戻ったとき、穴掘り男はもういなかった。

いやな予感がして、彼が私の提案に従ったのではないかと思い、海へ続く足跡を探してみたが、その気配はなかったので、家に戻ることにした。穴とその周りを見回った。家に入り、おそるおそる部屋から部屋へと歩き回った。階段の踊り場ごとに足を止め、廊下に出るたびに、少し恥じらいつつも、大きな声で呼びかけた。そのあと外に出た。穴まで行き、なかをのぞいて、また声をかけた。なにも見えなかった。地面に腹ばいになり、片腕をなかに入れて、穴の横壁を探ってみた。壁面は入念に固められていて、直径は一メートルほど、地面から真下に向けて掘られていた。降りてみようかと思ったが、すぐにあきらめた。立ち上がろうとして手をついたとき、縁の土が崩れた。草にしがみつき、土が暗闇のなかへ転がり落ちていく音を、ぼう然と聞いた。膝が穴の縁のところで滑り、それから穴の周囲全体が崩れてなかへと落ちていくのが見えた。立ち上がって、どれだけ崩れたのかを観察してみた。あたりの様子をおそるおそるうかがってみたが、穴掘り男の姿はどこにも見当たらなかった。そのとき、私はふと、湿った土があれば穴を修復できるのではないか、と考えたが、それにはシャベルと水が少々必要だった。

家に戻った。道具入れを開け、まだ入っていなかった二つの部屋を調べ、洗い場のなかも探してみた。ようやく、ほかの古道具類を入れた箱のなかに、庭仕事用のシャベルを見つけた。小さかったが、まずは役に立ちそうだった。家を出ると、目の前に、穴掘り男が立っていた。私はシャベルを背中に隠した。

「思ったとおりだ、旦那。ちょっと問題が起こりました」

穴掘り男は、初めて不信の念をあらわにして、私の顔を見ていた。

「どんな問題だ」私は言った。

「ほかに穴を掘った奴がいるんです」

「ほかにいるだって？　確かかい？」

「見りゃわかります。誰かが掘ってました」

「で、君はどこにいたんだ？」

「シャベルを研いでました」

「そうか」私はできるだけきっぱりした口調で言った。「君はできるだけがんばって掘りたまえ、今度は気を抜くなよ。私は周りを見張っていることにする」

男はためらった。二、三歩遠のきかけたが、立ち止まり、振り返った。私はうっかり手を下ろしていて、先ほどのシャベルが足の横にぶら下がっていた。

「掘るんですか、旦那?」男が私を見つめた。

私は本能的にシャベルを隠した。男は、私のことが、ほんの少し前の私と同じ人物だとは思えないみたいな顔をしていた。

「掘るんですか?」男はなおも尋ねた。

「手伝うよ。君が少し掘って、疲れたら、私が代わろう」

「あの穴は旦那のものだ」と男は言った。「旦那が掘ることはできない」

穴掘り男はシャベルをもち上げ、私の目をじっと見つめながら、またそれを地面に突き刺した。

サンタがうちで寝ている

Papá Noel duerme en casa

サンタがうちで過ごしたクリスマスの夜は、ぼくたちがいっしょに過ごした最後の夜になった。そのあとパパとママは結局喧嘩になったけれど、サンタがそのこととまさか関係あるとは思わない。パパは数か月前に仕事をなくしていて、車も売ってしまっていた。ママは反対したけれど、パパは今度だけはいいクリスマスツリーを用意することが大切だ、とか言って、とても立派なのを取り寄せた。それは細長くて平べったいボール箱に入って送られてきて、三つのパーツをどう組み立てるのか、本物らしく見えるにはどう枝を広げればいいのかを書いたマニュアルがついていた。組み立ててみると、ツリーはパパの背より高くて、ものすごく大きかったから、サンタがうちに泊っていったのも、きっとそのせいだとぼくは思う。ぼくはプレゼントにラジコンカーがほしいと言っていた。種類はなんでもいいし、特にこの車がほしいというわけではなかったけれど、あのころ、男の子ならみんな、ラジコンカーを一台もっていて、道で動かして遊んでいると、しょっちゅう本物の車と衝突したんだ。ぼくのがその一台。そこで、ぼくは、新しいラジコンカーがほしい、と手紙に書いて、パパがその手紙といっしょにぼくを郵便局に連れていってくれた。パパは窓口の人に言った。

「こいつはサンタ宛てだ」そして手紙を渡した。

窓口の男の人は挨拶もしなかった。なぜって、そのとき郵便局は人でいっぱいで、その係の人も仕事が多すぎて、うんざりしていたからなんだ。クリスマスシーズンは、きっと郵便局員にとって最低のシーズンなんだね。その人は手紙を受け取り、ちらりと見てからこう言った。

「番号を書いて」

「でもそいつはサンタ宛てなんだぜ」とパパは言い、にっこりと笑って目配せをした。パパはその人と仲良くやりたかったみたいなんだけど、その人は「番号がないと送れない」と言った。

「サンタの住所に番号なんかない、あんた、わかってるだろう」パパが言った。

「番号がないと送れない」とその人はまた言い、パパのうしろの人を呼んだ。

するとパパがカウンターに身を乗り出して、その人の胸ぐらをつかみ、そして手紙は送られた。

こんなわけで、サンタに手紙が届いたのか届かなかったのかがわからないいま、ぼくは不安な気持ちでその日を迎えた。そのうえ、ぼくたちは二か月ほど前からママに頼れなくなっていて、ぼくにはそのことも気がかりだった。それまでうちでなんでも仕切っていたのはママで、そのころまではすべてがうまくいっていた。ところが、ある日をさかいに、ママが仕切るのをやめてしまった。何人かのお医者さんにみてもらった。パパはママにつきっきりで、ぼくは隣の家のマルセラさんに預けられた。でも、ママは回復しなかった。うちでは誰も服を洗わなくなり、朝のミルクとシリアルもなくなり、パパは朝にぼくを送っていくのに遅刻し、帰りに迎えに来るのも遅刻するようになった。いったいどうなっているのと尋ねたら、パパはぼくに、ママは病気でもガンでもなく、死ぬわけでもない、と答えた。こういうことは前からあってもおかしくはなかった、でも俺に運がなかっただけなんだと。マルセラの話によると、ママは単にものごとが信じられなくなっただけで、そういうのは《うつびょう》といい、まったくやる気がなくなって、なかなか治らないらしい。ママは仕事にも行かなくなり、ママ友だちとも会わず、おばあちゃんに電話もかけなくなった。パジャマ姿でテレビの前に座って、朝も、昼も、夜も、ずっとリモコンをいじってばかりいる。ぼくはママの食事係になった。マルセラが、うちの冷凍庫に、一食分に小分けしたできあいの料理を届けてくれた。あとはそれを組み合わせるだけ。たとえばポテトのパイをいっぺんに出して、次のときは野菜のパイだけ出す、そんなのはだめだ。ぼくは料理をレンジで解凍してから、水一杯とフォークとナイフをいっしょにトレイにのせて、ママのところまで運んだ。するとママは言った。

「ありがとう。風邪ひいちゃだめよ」ぼくを見ようともせず、テレビのなかの出来事からぜんぜん目を離そうとせずに、そう言った。

学校の校門で、ぼくはよく、アウグストのママに手をつないでもらっていた。綺麗な人だったからだ。パパが迎えに来てくれたころはそれでよかったけれど、やがてマルセラがぼくを迎えに来るようになって、そうすると、ぼくが手を握っていることをアウグストのママもマルセラもよく思わなくなったみたいだったので、それからは、離れた角の木陰でひとりで待つようになった。どちらが迎えに来ても、いつも遅刻をした。

マルセラとパパはとても仲良くなって、パパはたまに、夜遅くまで隣の家でマルセラとポーカーをして過ごすようになり、そんなときぼくとママは、パパのいない家で、なかなか寝付けなかった。バスルームですれ違うと、ママはぼくにこう言った。

「気をつけてね。風邪ひいちゃだめよ」それからまたテレビの前に戻っていった。

マルセラは午後になるとよくうちにやってきて、ぼくたちのために料理をしたり、少し掃除したりしてくれた。どうしてそんなことをしてくれたのかはわからない。きっとパパに、助けてほしい、とか言われて、マルセラはパパと仲良しだったから、なんとかしなくちゃいけない、という気になったんだと思う。だって、本当はあまり乗り気な様子には見えなかったから。彼女は二度ほど、ママが見ているテレビのスイッチを切って、ママの目の前に座って、こう言った。

「イレーネ、きちんと話をしましょう。いつまでもこんなじゃいけないわ……」

あなたは態度をあらためるべきだ、いつまでもそんな調子ではどうにもならない、私だっていつまでもあなたたちのお世話ばかりしてられない、あなたもそれをわかったうえで行動に移らなければならない、そうじゃないと私たちの生活は破滅する。マルセラはママにそんなことを言った。でもママは返事をしようともしない。結局、マルセラはドアをバタンと閉めて、出ていってしまい、その夜はなんにも食べるものがなかったから、パパはピザの宅配を頼んだんだ、ぼく、ピザは大好きだな。

ぼくがアウグストに、ママが《ものごとを信じられなくなった》こと、今のママは《うつ状態》にあると話したら、アウグストはどんな様子か見に来たがった。ぼくとアウグストは、今思いだすと恥ずかしくなるような、とてもひどいことをした。ぼくたちが目の前で少し飛び跳ねてみると、ママは顔を横にそむけた。そのあと、ぼくたちは新聞紙で帽子をつくり、ママの頭にいろいろな角度でかぶせて、夕方までそのままにしてみたけれど、ママはぴくりとも動かなかった。パパが帰ってくる前に、ぼくはママの帽子を脱がしてあげた。ママがパパに言いつけたりしないことはわかっていたけれど、なんとなく気がとがめたからだ。

やがてクリスマスがやってきた。マルセラが、ものすごくまずい野菜ソテーと、ローストチキンをつくってくれた。特別な夜ということで、フライドポテトもつけてくれた。パパがママに、ソファから離れていっしょにディナーを食べよう、と声をかけた。パパはママをテーブルまでそっと連れていき——マルセラが赤いクロスをかけて緑のろうそくと来客用の食器を用意してくれていた——椅子のひとつに座らせてから、ママから目を離さずに、二、三歩うしろに下がった。たぶんそれでうまくいくと思ったんだろう、でも、パパが少し離れてしまうと、ママは立ち上がって、またソファに戻ってしまった。ぼくたちはしかたなく、料理を居間の座卓に移して、そこでママと夕食を食べた。もちろんテレビはつけたまま。ニュースが貧しい人たちの集まる場所を映していた。みんな、お金持ちの人たちから山のようなプレゼントと食べ物をもらって、とても嬉しそうにしていた。もう十二時を回ろうとしていて、ぼくは早くラジコンカーがほしかったから、そわそわして、ずっとクリスマスツリーを眺めてばかりいた。そのときママが、テレビを指さした。まるで家具が勝手に動き出したみたいだった。パパとマルセラが目を合わせた。テレビのなかでは、サンタがある家の居間に座っていて、片手で膝の上の子どもを抱いて、もう片方の手で、アウグストのママにそっくりな女の人の肩を抱いていた。女の人が、サンタに身を寄せてキスをすると、サンタがこちらを見て、こう言う。

「……仕事から戻ったら家族の顔だけ見ていたいものです」それからコーヒー会社のロゴマークが画面いっぱいに広がる。

ママがしくしく泣き出した。マルセラがぼくの手をとって、部屋に戻りなさい、と言ったけれど、ぼくは言うことをきかなかった。マルセラが、ママに話しかけるときみたいにイライラした口調で、ぼくにもう一度同じことを言ったけれど、ぼくはなにがあってもツリーから離れるつもりはなかった。パパがテレビを消そうとして、ママがまるで子どもみたいにそれを止めようとした。そのとき玄関のベルが鳴ったので、ぼくは言った。

「サンタだ」するとマルセラがぼくのほっぺたをひっぱたいた。今度は、パパがマルセラと取っ組み合いを始めて、ママがまたテレビをつけたけれど、サンタはもう、どのチャンネルにも映っていなかった。ベルがまた鳴って、パパが言った。

「畜生め、どこのどいつだ?」

例の郵便局の人だったらいやだな、パパは虫の居所が悪いから、きっとまた喧嘩になっちゃうよ、とぼくは思った。

ベルがまた、今度はたて続けに何回も鳴り、うんざりしたパパが玄関まで行って、ドアを開けると、そこにサンタが立っていた。テレビのサンタみたいなデブではなく、ぐったりした様子で、立っているのも辛《つら》そうで、体が左右にふらふらして、ドアにもたれそうになっていた。

「なんの用だ?」パパが言った。

「俺はサンタだよ」サンタが言った。

「だったらこっちは白雪姫だ」とパパが言ってドアを閉めた。

そのときママが立ち上がって、玄関へ向かって走り、ドアを開けると、サンタはまだそこにいて、ふらふらしていて、それからママが、そのサンタを抱きしめた。パパがものすごい剣幕で怒り始めた。

「こいつがそうなのか、イレーネ?」パパはママに向かってどなり、口汚いことをいろいろ言いながら、二人を引き離そうとした。すると、ママがサンタに言った。

「ブルーノ、あなたがいないと生きていけないわ、このままだと死んじゃう」

パパが二人を引き離して、サンタを思い切り蹴飛ばすと、サンタは仰向けに転がって、玄関の床の上でぐったりとなってしまった。ママが狂ったみたいに叫びだした。ぼくはサンタがひどい目にあっているのが悲しくて、それとラジコンカーはどうなるんだと思って不安になったけれど、ママが元気に動き始めたのは嬉しかった。

パパがママに、おまえら二人とも殺す、と言うと、ママはパパに、あんただってお友だちと仲良くやってるんだから、私がサンタと仲良くして、どこが悪いのよ、と言い返し、ぼくはママが正しいような気がした。マルセラが、床でもぞもぞ動き始めていたサンタのそばに近寄って、手を差し出した。すると、パパがまた、ありとあらゆることを言い始めて、ママも叫び始めた。マルセラが、落ち着きなさい、お願いだからみんな家のなかに入りましょう、と言っていたけれど、もう誰も聞いていなかった。サンタが自分の頭のうしろを触わり、そこから血が流れていることに気がついた。サンタがパパに唾を吐きかけると、パパが言った。

「このホモ野郎」

するとママが、パパに言い返した。

「ホモ野郎はあんたでしょうが、この糞《くそ》ったれ」それからサンタと同じようにパパに唾を吐きかけた。ママはサンタを助け起こして家のなかに入れると、そのまま部屋へ連れていって、二人きりで閉じこもってしまった。

パパは凍りついたようになり、ようやく我に返って、すぐにぼくがまだそこにいるのに気がつくと、カンカンになって、早く寝ろ、と言った。とても話し合いなどできる状況じゃないことがわかったので、ぼくはクリスマスも、クリスマスのプレゼントも台無しのまま、部屋に帰った。ベッドに横になり、ランプの明りが反射してプラスチックの魚たちが壁を泳ぐのを眺めながら、ぼくはみんなが静かになるのを待った。どうやらラジコンカーはもらえそうにない、絶対無理だろう、でもその夜はサンタがうちで寝ていたから、きっといい年を迎えられるような気がしたんだ。

口のなかの小鳥たち

Pájaros en la boca

テレビを消して窓の外を見た。シルビアの車がハザードランプをつけて家の前に停まっている。会わずにすます方法はないものだろうかと考えたが、またベルが鳴った。いるのはばれていた。玄関まで行って、ドアを開けた。

「シルビア」と私は言った。

「お久しぶり」と彼女は言い、私が言葉を発する前に家のなかに入りこんできた。「話があるのよ」

彼女が肘掛椅子を指さし、私はそれにおとなしく従った。ときとして、過去という奴がドアをノックして、まるで四年前と同じように接してくると、自分も前と変わらぬ馬鹿のままになってしまうものだ。

「いい話じゃないのよね。なんというか……きつい話」彼女は腕時計を見た。「サラのことなの」

「いつだってサラの話だろう」私は言った。

「詳しく話せば、あなたきっと、私が大げさに言っている、頭がおかしくなったと思うでしょうね。でも今日は時間がない。今すぐ家に来て、その目で確かめてほしいの」

「なにがあった？」

「それに、あなたが来るって言っておいたから、サラも待っているのよ」

私たちはしばらく黙りこんだ。こちらが次の一歩をどう踏み出せばいいかと迷っているうち、シルビアが眉をひそめて立ち上がり、ドアのほうへつかつかと歩み寄った。私はコートをとって、彼女の後を追った。


外から見る彼女の家は、いつもと同じに見えた。庭の芝生は最近刈ったばかりで、一階バルコニーの欄干にはアザレアの花が吊るしてあった。私たちはそれぞれの車を降りて、話もせずに、家のなかへ入った。サラが、肘掛椅子に座っていた。その年の学期はもう終わっているはずなのに、制服の上着を羽織っていて、それが雑誌で見かける児童ポルノのモデルのように似合っていた。背筋を伸ばし、揃えた両ひざのうえに手を乗せ、窓か庭のどこか一点をじっと見つめ、まるで母親がやっているヨガのエクササイズのどれかひとつを練習しているみたいだった。私は、昔から痩せこけてむしろ青白かった娘の肌が、ぴちぴちと輝いていることに気がついた。その腕と脚は、まるでここ数か月のあいだジム通いをしていたかのように、前より逞《たくま》しくなっていた。髪はつやつやで、頬はほんのりピンク色に染まっていて、化粧でもしているのかと思ったが、それが現在の彼女の肌の色だった。私が部屋に入って来るのを見ると、娘は微笑み、こう言った。

「あら、パパ」

目に入れても痛くないほど可愛らしい我が娘がそこにいたが、その二言で、なにかがおかしいということが、私にもわかった。きっと母親と関係していることだろう。ときどき自分が娘を引き取るべきだったと考えることもあるが、ほぼいつもその考えを却下する。テレビから二、三メートル離れた窓のそばに、かごがひとつあった。高さ七十センチか八十センチほどの鳥かごが天井からぶら下がっていて、なかは空だった。

「それはなんだ?」

「かご」とサラが言って笑った。

シルビアが台所へついて来るよう合図した。私たちは勝手口のガラス戸のそばまで行き、シルビアが振り返って、こちらの声が娘に聞こえていないかどうか、確かめた。サラは、まるで私たちなど元からいなかったかのように、背筋を伸ばして、外を見つめたまま、座っている。シルビアがひそひそ声で話し始めた。

「いいこと、これから起きることを落ち着いて受け止めなきゃだめよ」

「脅かしっこなしだぜ、いったいどうした?」

「昨日からあの子になにも食べさせてないの」

「からかっているのか?」

「あなたにその目で見てもらいたいの」

「おまえ……どうかしてないか?」

彼女は居間に戻ろうと言い、私にもうひとつの肘掛椅子を指さした。私はサラと向かい合って座ることになった。シルビアは家の外へ出ていった。彼女が台所のガラス戸を抜けてガレージに入るのが見えた。

「お母さん、どうしちゃったのかな?」

サラは知らないとばかりに肩をすくめた。真っすぐな黒髪をポニーテールにまとめ、前髪がひと房だけ眉まで垂れている。シルビアが、靴箱をひとつ抱えて、戻ってきた。なかには貴重品でも入っているのだろうか、両手でしっかりと支えている。彼女は、かごのところまで行って扉を開け、箱のなかからゴルフボールほどの大きさの、とても小さな雀を一羽取り出すと、かごのなかに入れて、扉を閉めた。空になった靴箱は床に放り投げ、そのまま足で蹴って、机の下にどけた。そこには、他に十ほどの似たような靴箱が積み重なっていた。

そのときサラがすっと立ち上がり、五歳くらい年下の子どもがやるみたいなスキップをして、ポニーテールを首の左右に振りながら、かごのところまで行った。サラは私たちに背を向けたまま、つま先立ちになってかごの扉を開けると、雀をつかみ出した。娘がなにをしたかは見えなかった。雀がぴーと鳴き、たぶん逃げようとしたのだろう、一瞬サラの背中がこわばった。シルビアが、手で口を覆った。サラが私たちのほうへ振り返ったとき、先ほどの雀はもういなかった。サラの口、鼻、顎《あご》、両手は、どこも血まみれになっていた。恥ずかしそうに笑うと、その大きな口が横に引っ張られてさっと開き、真っ赤に染まった歯がむき出しになって、私は思わずその場で飛び上がった。バスルームに飛びこんで鍵をかけ、便器に向かって吐いた。シルビアが追いかけてきて、扉の向こうから私をなじったり、なにかを指図したりするかと思ったが、その気配はなかった。私は口をゆすいで、顔を洗い、鏡の前に立って耳をすませた。二階で、なにか重いものを床に落とす音が聞こえた。玄関のドアを何度か開け閉めする音が聞こえた。サラが母親に、マントルピースのうえの写真ももっていっていいか、と尋ねていた。それに、いいわ、と答えたシルビアの声は、もう遠くなっていた。私はそっとドアを開けて、廊下をのぞいてみた。玄関のドアが開けっぱなしになっていて、シルビアが私の車の後部座席に、例のかごを押しこんでいた。思わず外に出てなにか叫ぼうと、二、三歩前に踏み出したが、そのときサラが台所のガラス戸から外に出てきたので、姿を見られないよう、動きを止めた。シルビアとサラが抱き合った。シルビアは娘にキスをし、車の助手席に乗せた。私は、彼女が家のなかへ戻ってきて、ドアを閉めるのを待ってから、言った。

「いったいどうなってる……?」

「あなたのところへ連れて行ってちょうだいね」シルビアは机のところへ行き、空箱を潰して二つに折り始めた。

「おい、シルビア、あの子は小鳥を食ってるぞ!」

「もう私には無理」

「娘は小鳥を食ってる! 医者にはみせたのか? いったい骨はどこへ行ったんだ?」

シルビアは面食らって私をまじまじと見つめた。

「いっしょに飲みこんでるんじゃないかしら。私にも小鳥がいったい……」

と言ったきりまた私を見つめた。

「俺のうちには連れて行けないぞ」

「あの子がこのまま残るなら私は自殺するわ。自殺するかあの子を殺す」

「小鳥を食うとは!」

シルビアはバスルームに入って鍵をかけてしまった。私は台所のガラス戸から外の様子をうかがった。サラが車のなかから楽しそうに手を振った。私は心を落ち着かせようとした。ドアのほうへおぼつかない足取りで何歩か進みながら、こうしているあいだに、ごく普通の生活に戻れますように、スーパーの缶詰売場の前に十分も突っ立っていったいどの豆にすべきか考えることのできる、そんな几帳面で整頓好きな普通の男の暮らしに戻れますように、と神に祈った。世のなかには人肉を食う人間もいるそうだから、生きた小鳥を食うのはまだましかもしれない、などと考えた。栄養学的な観点からしても麻薬をやるよりずっと健康だ、社会的見地からしても十三歳で妊娠されるよりは楽に隠し通せそうだ、などと考えた。でも車のハンドルを握ったときにはまだ、娘は小鳥を食う、娘は小鳥を食う、娘は小鳥を食う、と頭のなかで呟《つぶや》き続けていたように思う。

私はサラを家に連れて帰った。私はひと言も喋らず、家に着くと、サラは勝手に荷物を下ろし始めた。例のかごとトランク——二階の物置にしまってあったらしい——そしてシルビアがガレージからもってきたのとよく似た箱が四つ。私は手を差し伸べる気になれなかった。ドアを開け、彼女が荷物を運んで何度か出入りするのを見守った。すべて終わってなかに入ると、二階の部屋を使うように言った。一段落してから下に降りて来させ、ダイニングルームのテーブルに向き合って座らせた。コーヒーを二杯淹れたが、サラはそのカップを横にどけて、お茶の類は飲まないことにしている、と言った。

「おまえは小鳥を食うのか、サラ」と私は言った。

「そうなの、パパ」

娘は恥ずかしそうに唇を噛《か》んで言った。

「パパもでしょ」

「おまえは生きた小鳥を食うのか、サラ」

「そうなの、パパ」

私は、五歳のころのサラが私たちといっしょにテーブルについて、やっと手が届くようになった皿のうえのカボチャに必死で齧《かじ》りついていた姿を思い出し、この問題もどうにかして解決できるだろうと考えた。しかし、目の前にいるサラが再び微笑むのを見ていると、あんな毛が生えた、足のある、温かい、もぞもぞ動く生き物を頬張るのは、いったいどんな感触なんだろう、とつい想像してしまい、シルビアと同じように手で口を覆うと、娘を手つかずのコーヒー二杯の前に残したまま、その場を立ち去ってしまった。


三日が過ぎた。サラはほとんどの時間を居間の椅子で、背筋を伸ばし、揃えた両ひざのうえに手をついて過ごしている。私は朝早くに出勤し、娘が今も同じ場所に座って庭を眺め続けていることを知りつつ、インターネットで《小鳥》《生のまま》《治療》《養子縁組》などと検索をかけてばかりいた。夜の七時ごろに家に戻ると、日中想像していた通りの姿勢のままでいるサラを見て、背筋が寒くなり、そのまま家を飛び出して、彼女を閉じこめたまま鍵をかけたい、家のなかに密閉してしまいたい気持ちに襲われた。子どものころによく虫を捕まえてきて、空気がなくなるまで瓶のなかに閉じこめたように。しかし、そんなことができるはずもない。子どものころに、サーカスで、ネズミを生きたまま飲みこむ髭《ひげ》もじゃの女を見たことがある。女はネズミを頬張ったまま、唇の間からちょろちょろ尻尾をちらつかせつつ、観衆の前をにこやかに歩き回り、まるでその行為が楽しくてたまらないかのように、焦点の合わない目で、なにかを見上げていた。今、毎晩ベッドで眠れず、寝がえりをうちながら、私はあのサーカスの女のことを思い出し、そして、サラを精神科に入院させるという可能性について考える。たぶん週に一、二度は面会に行けるだろう。シルビアと代わる代わる行ってもいい。子どもが医者に隔離をすすめられて、数か月家族と離れ離れになるというのは、よく聞く話だ。おそらく、それが皆にとって最良の選択肢だろう。でも、果たしてサラがそういう場所で生きていけるかどうかが問題だ。いや、案外大丈夫かもしれない。いずれにせよ、シルビアがそんなことを許すはずもないか。あるいは許すかもしれない。私は決めかねていた。

四日目、シルビアが会いに来た。彼女はもってきた靴箱五つをドアの内側に置いた。二人ともそれについては触れなかった。彼女がサラのことを尋ねたので、私は二階の部屋を指さした。しばらくして二階から降りてきたシルビアに、私はコーヒーを淹れてやった。私たちは居間で、無言のまま、それをすすった。シルビアは顔色が悪く、手をぶるぶる震わせて、カップを皿のうえに戻すたびにカチカチと音を立てた。二人とも、相手がなにを考えているのか、よくわかっていた。私としては「これはおまえのせいだ、おまえがこんな風にしたんだ」と言ってもよかったし、いっぽう、シルビアとしても「あなたがあの子を放ったらかしにしていたから、こうなったのよ」と言ってもよかっただろう。だが、実際のところ、二人とも疲れ果てていた。

「これは私が調達するわ」シルビアが去り際に靴箱を指さして言った。私はなにも答えなかったが、心から彼女に感謝した。

スーパーマーケットでは、人々が各自のカートに、シリアルやスナック菓子や野菜や肉や乳製品を詰めこんでいた。私は缶詰だけをとって、黙って列に並んだ。週に二、三度は通っていた。ときには、特に買うべきものもないのに、帰宅前に寄ることもあった。カートをとって、なにか忘れているものはないかと考えながら、陳列棚のあいだをゆっくりと歩くのだ。夜は、サラと二人で、テレビを見た。サラは、いつも同じ部屋の隅に置かれた肘掛椅子で、背筋をぴんと伸ばして、私は、部屋のもういっぽうの端からちらちらその様子をうかがって、彼女がちゃんと番組を見ているか、それとも、またもや庭を食い入るように眺めているか、確かめようとした。食事は二人分を用意し、二枚のトレイに乗せて、私が居間へ運んだ。サラの食事を彼女の目の前に置いてやったが、それは手つかずのまま残された。私が食べ始めるのを見てから、彼女はこう言った。

「ちょっと失礼するわね、パパ」

そして立ち上がって二階の部屋に上がり、そっとドアを閉めた。最初、私はテレビの音を低くして、静かに待った。甲高くて短い鳴き声が聞こえた。数秒後、水道の蛇口がきゅっと回って、水の流れる音が聞こえてきた。サラはこの何分かあとに、髪を綺麗に整え、落ち着き払った様子で、下に降りてくることもあった。それ以外のときは、一度シャワーを浴びてから、パジャマ姿で降りてきた。

サラは外出しようとしなかった。彼女の振舞いを観察しているうちに、ひょっとして、広場恐怖症にかかりつつあるのではないかと思うようになった。私は、ときどき庭に椅子を運び出して、少し外に出てみないか、と声をかけた。だがそれも無駄だった。それでもサラの肌は輝かしいばかりにつやつやしていて、まるで毎日お日様の下で運動でもしているかのように、ますます綺麗になっていった。ときどき、自分の用事をしているときに、小鳥の羽を見つけることがあった。ダイニングルーム入り口そばの床のうえ、コーヒー豆の缶の裏、フォーク類の間、あるいは浴槽のなかでまだ湿ったままのときもあった。私はサラに見られないよう、それをそっと拾い、便器に流した。羽が水に流れて行く様子を見守ることもあった。便器に水が再び溜まり、水面が動かなくなって鏡のようになってもなお、そこから目を離さず、スーパーにもう一度行く必要はないか、カートをあんなゴミのような品でいっぱいにしてなにか意味があるのか、サラは大丈夫か、庭にいったいなにがあるのか、などと考えごとをしていることもあった。

ある日の午後、シルビアが電話をかけてきて、ひどい風邪で寝込んでいると言った。こちらに来られないという。あなたひとりで大丈夫かと尋ねられて、はじめて私は《こちらに来られない》の意味するところが《もう箱を運んであげられない》だと気づいた。私は彼女に、熱はないか、ちゃんと食事はしているか、医者に診てもらったかなどと質問し、相手が懸命に答え始めた段階で、もう切らないといけないと言って、電話を切った。電話はもう一度鳴ったが、私は受話器を取らなかった。私たちはテレビを見た。私が自分の食事を運んできても、サラは立ち上がって部屋へ戻ろうとはしなかった。じっと庭を見つめたまま、私が食べ終わるのを待ち、それからようやく、二人でいっしょに見ている番組に視線を戻した。

その翌日の帰宅前、私はスーパーに立ち寄った。いつもと同じくカートにいくつかの商品を放りこんでいった。まるでそのスーパーを初めて見学しているかのように、陳列棚のあいだを行ったり来たりした。ペットコーナーのところで立ち止まった。犬、猫、ウサギ、小鳥、金魚などの餌《えさ》を並べている棚だ。いくつかの餌袋を手にとって中味をチェックしてみた。原材料、カロリー数、生き物の種類と体重と年齢ごとに定められた分量が記されてあった。そのあと庭仕事コーナーへ移動したが、そこには植木と花と鉢と土しかなかったので、またペットコーナーに戻り、そこでしばらく、これからどうしたらいいものかを考えた。人々がそれぞれ自分のカートに商品を放りこみながら、私をよけて通っていった。店内放送が母の日の乳製品特集を伝え、そのあと、女に不自由しない男が初恋の女の子を懐かしむというような甘ったるい歌が流れ始めた。私はようやくカートを押して、缶詰コーナーに引き返した。

その夜、サラはなかなか寝ようとしなかった。私の部屋はサラの部屋の真下にあり、あの子がいらいら歩き回ったり、床に転がったり、また立ち上がったりする音がすべて聞こえてきた。部屋はいったいどうなっているのだろうと私は思った。あの子が来た日からなかには一度も入っていない。たぶん恐ろしいことになっていて、糞《ふん》や羽だらけの囲い場状態なのだろう。

シルビアの電話から三日目の夜、帰宅の最中に、獣医を兼ねたペットショップの軒先に鳥かごが吊るされているのを見て、私は立ち止まった。そのどれも、シルビアの家で見たあの雀とは似ていなかった。みな色とりどりで、全般に雀よりやや大きかった。しばらく突っ立っていると、なかにいた店員が近づいてきて、小鳥のどれかに興味があるのかと尋ねてきた。いや、まったく、ただ見ているだけだ、と私は答えた。店員はかごに近寄って揺すったり、通りのほうを見たりしていたが、やがて、こちらに買う気がまるでないのがわかると、カウンターのほうへ戻っていった。

家ではサラが、例の肘掛椅子で、背筋を伸ばしたヨガのポーズのまま、待っていた。私たちは挨拶を交わした。

「やあ、サラ」

「あら、パパ」

ピンクだった頬の色は褪せ、ここ数日みたいな血色の良さを失っていた。私は食事を用意して、自分の椅子に座り、テレビのスイッチをつけた。しばらくするとサラが言った。

「パパ……」

私は噛んでいたものをゴクリと呑《の》みこみ、本当に娘が声を発したのかがわからず、テレビの音量を下げたが、彼女はそこで両ひざをぴたりとくっつけて手を置いた姿勢のまま、私のほうをじっと見つめていた。

「どうした?」と私は言った。

「私のこと、愛してる？」

私は手を上げ、さらに頷いた。もちろん、その身振りで、うん《シー》、と答えたつもりだった。だって、我が娘ではないか。ただ、それでも念のため、特にシルビアがいたら「合格」と答えてくれそうな態度はなんだろうと考えて、結局、こう言った。

「ああ、おまえ、当然だろう」

すると、サラは再びにっこりと微笑み、それから番組が終わるまで、ずっと庭を見続けていた。

私たちはまたもや寝られず、娘は部屋を行ったり来たりし、私はようやく眠りにつくまで散々ベッドのうえを転がった。翌朝、私はシルビアに電話をかけた。土曜だったが、彼女は電話に出なかった。少し後でもう一度、昼近くにもう一度かけ直した。留守録にメッセージを残したが、それでも返事は来なかった。サラは、午前中ずっと、例の肘掛椅子に座って庭を見続けていた。髪がややほつれていて、姿勢も前ほど真っすぐではなく、とても疲れているようだった。大丈夫なのか、と尋ねると、こう答えた。

「うん、パパ」

「少し庭に出てみたらどうかな?」

「だめよ、パパ」

前夜の会話があったから、今度はこちらが愛しているか尋ねてみようかと思ったが、すぐに愚かな考えであるような気がした。もう一度シルビアに電話をかけてみた。またメッセージを残した。サラに聞かれないよう、小声で、留守録にこう伝言しておいた。

「緊急事態だ、頼む」

テレビをつけたまま、互いの椅子に座って待った。二、三時間後にサラが口を開いた。

「失礼するわ、パパ」

彼女は部屋に閉じこもった。私はテレビを消して耳をすませた。サラはなんの音も立てなかった。もう一度シルビアに電話をかけてみることにしたが、受話器をとって発信音を聞いた段階で切った。私は車で例のペットショップまで行き、あの店員をつかまえて、小さな小鳥、できるだけ小さな小鳥が欲しいと言った。店員は写真付きのカタログを開いて、値段と餌は品種によって異なると説明し始めた。

「エキゾチックなタイプがいいですかね、それともご家庭向きがいいですか?」

私は両掌でカウンターをどんと叩いた。うえにあったものがいくつか飛びはね、店員が口を閉じて、私をしげしげと見つめた。私は、かごのなかでさかんに飛び回っていた、小さく黒っぽい一羽を指さした。百二十ペソを払うと、四方に小さな穴の開いた緑色のボール紙の箱に入れてくれた。餌を一袋おまけにやると言われたが、それを断って、代わりに小鳥の写真が表紙になっている飼育者マニュアルを一冊もらった。

家に戻ると、サラはまだ部屋のなかだった。彼女が来てから初めて私は二階に上がり、部屋のドアを開けた。サラは、ベッドに腰掛けて、開いた窓の外を見つめていた。私のほうを振り返ったが、その目にはなんの感情もなかった。顔色がとても悪く、病気にでもかかっているみたいだった。部屋は綺麗に整頓されていて、バスルームのドアが半開きになっている。机のうえに靴箱が二十個ほどあったが、みなきちんと折りたたまれて――なのでさほど嵩張《かさば》ってはいなかった――丁寧に積み重ねられていた。例のかごは、空のまま、窓辺に吊るされていた。ナイトテーブルのランプのそばに、母の家から持参してきた写真の額縁が置いてあった。買ってきた小鳥が箱のなかで動いて、ボール紙に脚がカサカサ擦れる音が聞こえたが、サラは身動きひとつしない。私は箱を机のうえに置き、なにも言わずに部屋を出ると、ドアを閉めた。そのとき気分がよくないことに気がついた。壁にもたれて少し体を休めた。まだ手にもっていた飼育者マニュアルを見つめた。裏表紙には、飼育と繁殖周期にかんする、様々な情報が記されていた。とりわけ、私が買ってきた小鳥の種には暑い時期に番《つがい》で過ごす必要があること、かごのなかの暮らしが少しでも楽しくなるよう、常に二羽で飼う必要があることが強調されていた。ぴぴっという鳴き声と、バスルームの水道の蛇口をひねる音が聞こえた。水が流れ始めたときには少し気分がよくなって、どうにかして階段を下まで降りられそうな気がした。

最後の一周

Última vuelta

フリアが別の馬から私に微笑みかける。馬が上へ来るとフリアの髪は光に照らされ、馬が下へ行くとフリアは私を見つめたまま棒につかまり体をのけぞらせる。私たちは美しいインディアン。メリーゴーランドで私たちはどこまでも馬を駆り、恐ろしい魔の手から逃れ、絶滅の危機にある動物たちを死から救う。うまくいかないとき、力を倍増する必要があるときは、二人のルビーの指輪を合わせると、宇宙エネルギーが超能力を授けてくれる。フリアが私のほうへ手を伸ばし、私の指がそれを受け止める、かろうじて握りあえる距離だ。私のこと愛してる？　とフリアが尋ねる。ええ、と私は答える。いつまでもいっしょ？　とフリアが尋ねる。ええ、と私は答える。いつの日かお城に住めるかしら、そのお城はとっても大きいかしら、インディアンの女たちはそういう大きいお城に住んでいるのかしら？　とフリアが尋ねる。ええ、もちろんよ、美しいインディアンの女たちはみんなそうしているわ、と私は答える。ママはベンチで待っている人たちのなかにいる。ママの姿を探すが見えない。馬の金色のたてがみに抱きつく。フリアが同じことをし、そして私たちはママに声をかけようと待ちかまえる。でもメリーゴーランドは回り続け、ママはいっこうに姿を現さない。二人の兄弟がベンチから私たちを見ている。ほかにも人がいて、両親に連れられた子どもたちが切符売り場の列に並んでいる。私たちがもう一周したとき、さっきの兄弟の弟のほうが、私たちを指さす。兄弟はとても歳をとった女性のそばにいて、その女性も私たちを見つめている。銀色のショールをはおり、髪は白く、肌はどす黒く、疲れているようだ。ママはどこ？とフリアが尋ねる。私はママを探す。鍵をぶらぶらさせている切符係はいつもの人じゃない。メリーゴーランドが止まり、私たちは降りねばならなくなる。兄弟がベンチから立ちあがり、私たちの馬のほうへ来る。二人はほかにもたくさんあるなかから私たちの二頭を選び、私たちは席を譲らなくてはならない。フリアは馬にしがみつき、もう回転台に上りかけている兄弟をにらむ。降りなくちゃ、と私は言う。フリアは、でもこの子たち、私たちの馬に乗ろうとしているわ、ルビーよ、ルビーの指輪を合わせるのよ、と言いながら手をこちらに伸ばす。私は彼女の言うとおりにしてあげようと思うけれど、もう兄弟は馬に手をかけていて、そして私はママの姿が見えないのが気がかりだ。兄が近づいてきて、私の馬の鼻面をポンポンと叩く。弟はフリアに向かって降りろという仕草をする。フリアは頬っぺたを赤く膨らませて、今にも泣きそうな顔だ。私は馬の温かく固い肌を撫《な》で、そしてようやく降りたそのそばから、男の子が鞍《くら》を強く握ってまたがるのがわかる。男の子はまるで軍用馬のようにまたがり、おなかにかかとをうちつけ、大声で叫ぶ。メリーゴーランドが回り始め、ふと見ると、フリアがさっきまでの馬のうえにも、私の近くにもいない。台から降りなくてはならないが、彼女の姿が見えない。ママの姿も。兄弟のおばあさんが私に向かって歩いてきて、受け止めるからこちらへ飛びなさいという仕草をする。でも私はおばあさんの手が怖い。おばあさんが私の指を握る。その指はひんやりと冷たく、あまりに細くて、骨でも握っているかのようだ。メリーゴーランドは回り続ける。私は身を投げ出し、おばあさんといっしょによろける。地面に転がり、おばあさんもいっしょに転がっていると思う。起きあがろうとするが、できない。なにかが起きている。鋭い痛みが全身に走り、まるでどこかが、とても繊細などこかが腐っているような、押し潰されているような気がする。腕と脚がなかなか動いてくれない。まるで自らの重みに耐えかねているかのように、のろのろとしか動かない。寒気を感じ、なんとかがんばって、ようやくメリーゴーランドのほうへ体を向ける。すると右のほうから兵隊みたいに馬にまたがった兄弟が現れる。兄は私を見ると驚いて指をさし、二人はすぐに馬を降り始める。何人かの親たちが近づいてきて、私の体を抱き起こそうとする。なかなか抱き起こせず、体をそっと動かす。何人かでベンチまで運ぶ。兄弟の兄のほうが私の髪を撫で、肩にショールをかけてくれる。弟は私のそばに座って、こわごわ見つめている。ふと見るとそこに指輪が、年老いてどす黒くなった私の肌に輝くルビーの指輪があり、私はそうやって膝骨のうえに指をのせたまま動かなくなり、人が乗っていない馬たちの動きをじっと見つめる。上がったり下がったりする馬たち。上がって下がって。そしてその向こう側、城と私の間に果てしなく広がる緑の草原。

人魚男

El hombre sirena

港のバーに座ってダニエルを待っていると、桟橋から人魚男がこちらを見つめている。人魚男は、五十メートルほど先の、まだ水が届いていない一本目のコンクリートの柱の上に座っている。いったい誰なのか、というより、いったい《なに》なのか、最初はなかなかわからない。腰から上は完璧な人間の男性、腰から下は完璧な人魚。彼は右を見て、それからそっと左を振り返り、最後にまたこちらを見つめ返す。わたしは思わず立ち上がろうとする。でも、ダニエルの友だちのタノがいて、わたしをカウンターのなかから監視している。わたしは、まるで急に店を出る決心をしたかのように、テーブルに手を伸ばして、コーヒーの勘定書きを探すふりをする。タノが様子を見に近づいてきて、ダニエルはすぐに来るからまだいなさい、彼を待っているべきだ、と頭ごなしに言う。わたしは彼に、気にしないで、すぐに戻って来るから、と答える。テーブルに五ペソを置き、ハンドバッグをとって店を出る。人魚男に会ってどうするかは決めていないが、とりあえず店を出て、彼のいるほうへ向かう。人魚に関して一般的にもたれている、美しく日焼けした美女というイメージとは反対に、この人魚は性別が違うばかりか、その肌は生白い。でも、屈強で筋肉質。わたしを見ると腕を組み――両手を脇のあいだに入れ、親指を立てて――にっこりと微笑む。それが人魚にしてはずいぶん俗っぽい仕草に見えて、わたしは、こんな自信たっぷりに、話す気満々で彼のもとへ歩いてきたことを悔やみ、なんだか自分が馬鹿に思えてくる。でも、戻るにはもう遅い。彼は、わたしが近くに来るまで待ってから、言う。

「やあ」

わたしは立ち止まる。

「可愛い女の子が海辺でひとりぼっち、いったいどうしたのかな?」

「あの、ひょっとすると、と思いまして……」なにを言えばいいのかわからない。ハンドバッグが手から落ち、膝のところで慌ててつかむ。まるで子どもみたいだ。「ひょっとしてなにかご入り用なのかなと思いまして、だってあなた……」

「敬語は必要ないよ、お嬢さん」と彼が言い、柱に上って来いと誘うように、手を差し伸べる。

彼の脚、というよりコンクリートの柱からぶら下がっている、その輝く尻尾を見る。わたしは彼にハンドバッグを渡す。彼はそれを受け取り、脇に置く。そわたしは、柱の壁に片足をかけて、彼が再び差し伸べてくれた手をつかむ。その肌は凍った魚みたいに冷たい。でも、太陽はもう真上にあって、日差しもきつく、空は雲ひとつなく晴れ渡り、空気はうまく、彼のそばに腰を下ろしたときには、その肌の冷たさがわたしの体を生々しい幸福感で満たす。恥ずかしくなり、握っていた手を離す。両手をどうしていいかわからない。微笑む。彼は髪をかきわけ——アメリカ人っぽく前髪を垂らしている——煙草はないか、と尋ねる。わたしは、煙草は吸わない、と言う。彼の肌はすべすべで、体にはまったく毛がなく、海水の塩分によるものだろうか、かすかに見える白い粉のような小さな輪が、体の至るところについている。彼はわたしが観察しているのを見て、腕のところについていた粉を少しはたき落とす。腹筋は見事に浮き出ていて、わたしはそんなおなかは見たこともなかった。

「触っていいよ」と彼が腹筋を撫《な》でながら言う。「ここの真ん中のところにだけ白い粉がついてないだろう?」

わたしが片手を近づけると、彼が体を前に出し、わたしの手をとっておなかにくっつける。腹筋も手も冷たい。二、三秒そのままにしてから、彼が言う。「君のことを聞かせてくれよ」そして、そっと手を離す。「調子はどうなんだい?」

「ママが病気なの。お医者さんたちは、もうすぐ死ぬって言ってる」

わたしたちはいっしょに海を見つめる。

「それはひどい……」と彼が言う。

「でも、それは問題じゃないの」とわたしは言う。「心配なのはダニエル。彼がひどい状態で、それで困ってる」

「彼はお母さんの一件を受け容れられないんだ」

わたしは頷く。

「君たちは兄妹だね?」

「そうよ」

「少なくとも二人でなにかを共有できるじゃないか。僕なんかひとり息子で、母はとても横柄な人だよ」

「わたしたちは二人兄妹だけど、なんでもやってくれるのは兄のほう。わたしは激しい運動をしてはいけないし、強い感情を抱いてもだめ。実はわたし、この胸のところ、心臓に問題を抱えてるの、たぶん心臓だと思う。だから人とは距離を置いてる。健康のために……」

「で、ダニエルは、今どこにいるんだい?」

「時間に正確な人じゃないの。一日中あちこち走り回ってばかりいる。時間をやりくりする能力がまるでない人なのよね」

「彼の星座は? 獅子座?」

「牡牛座」

「おっと、なんてひどい星座だ」

「ミントがあるんだけど」とわたしは言う。「欲しい？」

彼はうんと言い、脇に置いていたハンドバッグをわたしに渡す。

「兄は一日中、色々な支払いをするのに、お金をどこから調達するかを考えてばかりいる。わたしがなにをしているか、どこに誰と行くのか、いつも知りたがるし……」

「彼はお母さんといっしょに住んでいるのかい？」

「いいえ。ママはわたしと同じよ。わたしたちは自立した女だから、自分だけの空間が要る。兄はわたしがひとり暮らしをするのは危険だって言う。いつもそう言うんだけど、思うに兄が言いたいのは《お前みたいな女が》ひとり暮らしをするのは危険だってことなのよ。女の人を雇って一日中わたしを監視させようとするの。もちろんそんなことはわたしが許さなかったけれど」

わたしはミントを一粒彼に渡し、自分のを手にのせる。

「君のうちはこの辺？」

「兄がここから数ブロック先に小さな家を借りてくれた。兄はこの地区のほうが前よりずっと安全だって思ってるの。それから、この辺りに友だちまでつくって、うちの近所の人ともお話しして、バーのタノとも親しくなって、とにかくなんでも知りたがり、なんでもコントロールしようとするのよ、本当にうっとうしい」

「僕の父もそうだった」

「あらそう、でも、ダニエルはわたしのパパじゃない。パパは死んじゃった。パパが死んじゃったのに、どうして今度は兄パパに耐えなくちゃいけないわけ？」

「あのね、おそらくお兄さんは、ただ君の世話を焼いているだけだよ」

わたしは思わず笑うが、皮肉にも、実際のところは彼のその言葉で気分が台無しになってしまい、彼もそのことに気付いたと思う。

「違うわ、違うわよ。世話を焼いているんじゃない。あなたが思っているよりずっと複雑なの」

彼はじっとわたしを見つめる。その瞳は水色でとても明るい。

「わけを聞かせてくれよ」

「それはだめ。お願いよ、こんな素晴らしい日にするような話じゃないわ」

「お願いだ」

彼は手をもみ、まるで今にも泣き出しそうな天使みたいに、おかしなしかめ面をして、やたらとせがむ。彼が話すと、ときどき銀色のひれの先端がわずかに波打ち、それがわたしのくるぶしに触れる。うろこは鋭くとがっているのに、なぜか決してわたしの肌を傷つけることがなく、むしろ心地よい感触がする。わたしはなにも言わず、すると彼のひれが、だんだんわたしの脚の近くまで寄ってくる。

「話してくれないか……」

「実はママは……単なる病気じゃない。本当のことを言うと、可哀そうに、ママはすっかり頭がおかしくなっているの……」

わたしはため息をついて空を見上げる。水色の完璧な空。それから、わたしたちは、互いに目を合わせる。初めて彼の唇に目をやる。やはり冷たいのだろうか？　彼はわたしの手をとり、そこにキスをしながら言う。

「僕たち、つきあえると思うかい？　君と僕とで、近いうちに、お出かけするんだ……夕食に出かけてもいい、あるいは映画でも。映画は大好きだ」

わたしは彼にキスをし、その唇の冷たさが、まるで真夏の冷たいジュースのように、わたしの体の細胞ひとつひとつを目覚めさせていくのを感じる。単なる感覚ではなく、まるで視界が一気に広がっていくような体験だ。すべてが今までとは違って感じられるようになったからだ。でも、愛している、とはまだ言えない。もっと時間をかける必要がある。こういうことは一歩ずつ前進させていくものだ。最初は彼が映画についてくる。次はわたしが海の底へついていく。でも、もうわたしの心は決まった、もう後には引かない、なにがあっても、彼と別れることはないだろう。人は、たったひとりの愛する相手のためだけに、生きている。ずっとそう思ってきたけれど、わたしは自分の相手をこの海辺の桟橋で見つけた。そして、彼は、わたしの手をためらいもなく握り、その透き通る瞳でわたしを見つめながら言う。

「もう苦しむことはないよ、これからは誰も君を傷つけたりはしないから」

遠くの道で、クラクションが鳴る。すぐに誰のかわかる。ダニエルの車だ。わたしの大切な人魚男の肩越しに、目をやる。ダニエルが、せかせかと車を降りて、バーのほうへと向かっている。わたしの姿は見えなかったようだ。

「もう帰るわ」とわたしは言う。

彼がわたしを抱き、またキスをする。

「待っているよ」と彼は言い、わたしが楽に下へ降りられるよう、ロープ代わりに腕を貸してくれる。

わたしはバーまで走る。ダニエルはタノと話しているところで、わたしを見ると、ほっとした様子だ。

「どこにいた？　家で待っている約束だろう、バーじゃない」

それは話が違ったが、なにも言わずにいることにした。そんなことは、もうどうだっていい。

「話がしたいの」とわたしは言う。

「車へ行こう、車の中で聞く」

兄はわたしの腕を優しく、といっても人をいらつかせるあの父親っぽい態度でつかみ、いっしょに店の外に出る。車はすぐそこに停めてあるが、わたしは立ち止まる。

「離して」

兄は手を離すが、そのまま車のところまで歩いていって、ドアを開ける。

「帰ろう、もう遅い。医者に殺されちまうぞ」

「わたしはどこにも行かないわ、ダニエル」

ダニエルが立ち止まる。

「ここに残る」とわたしは言う。「人魚といっしょにここに残る」

兄はわたしをじっと見つめる。わたしは海のほうを振り向く。桟橋の上で、美しく銀色に光る彼が、こちらに向けて、腕を振っている。ダニエルが、ようやく呆然自失から目覚めたかのように、車に乗り込んで、わたしの側のドアを内側から開ける。そのとき、わたしにはもう、どうしていいかわからず、そして、どうしていいかわからないとき、世界はわたしのような人間にとって恐ろしい場所に見えてきて、わたしはとても悲しい気持ちになる。だから、車に乗り、心を落ち着かせつつ、こう考える。彼はただの人魚、単なる人魚なのだ。彼はまた明日もあそこにいて、わたしを待っていてくれるかもしれない。

疫病のごとく

La furia de las pestes

ヒスモンディは、子どもたちや犬が駆け寄ってこないことを、不思議に思った。不安に駆られて、平原の彼方を見ると、翌日に迎えに来ることになっている車が、すでに小さな点となって遠ざかっていくところだった。彼は、もう何年ものあいだ、辺境の貧しい共同体を訪れては、住民台帳の登録や食料の配給をしている。だが、その谷間の小さな村を前に、ヒスモンディは初めて、絶対的な静けさというものと対峙《たいじ》していた。わずかに立っている家々を眺めた。三人か四人ほどの動かない人影、そして地面に腹ばいになった犬が数匹。白昼の太陽の下、彼は歩を進めた。大きな袋を二つ背負っていたが、それが肩に食いこんで痛くてたまらず、仕方なく立ち止まった。犬は彼が近づくと顔を上げたが、地面から立とうとはしなかった。泥と石と板切れを奇妙に混ぜ合わせた建物が無秩序に連なっていて、中央にぽっかりと道がひとつ伸びている。一見すると無人のようだが、窓やドアの背後に住民がいることはわかる。誰かが動く気配も、外をうかがっている様子もないが、そこにいることは確かなのだ。ヒスモンディは、ある家のドアのそばで、ひとりの男が柱にもたれて座っているのを見た。子どもの背中と犬の尻尾が、家のなかからのぞいている。彼は暑さで頭がくらくらし、背負っていた袋をどさっと落として、額の汗をぬぐった。周囲の家々を観察した。話せそうな相手がひとりも見当たらなかったので、ドアのない家を一軒選び、声をかけてから、なかをのぞいてみた。ひとりの老人が、板切れの屋根に開いた穴から、空を見つめていた。

「すみません」とヒスモンディは言った。

部屋のもういっぽうでは、ふたりの女がテーブルごしに向かい合って座っていて、その奥の古い寝台の上に、ふたりの子どもと一匹の犬が、重なり合うようにして寝ていた。

「すみませんが……」もう一度言った。

老人は身動きひとつしなかった。ヒスモンディの目が暗闇にようやく慣れてきたとき、女のうちの若いほうがこちらを見ていることに気がついた。

「おはようございます」彼は元気を取り戻して言った。「政府の仕事をしている者ですが……どなたかお話できないでしょうか?」ヒスモンディはわずかに身を乗り出した。

女は返事をせず、その表情は虚ろだった。ヒスモンディはドアの外枠の壁にもたれかかった。気分が悪くなっていた。

「どなたかご存じないでしょうかね……話のできる方を。どなたと話せばいいか、ご存じないでしょうか?」

「話す?」女が疲れてかすれた声で言った。

ヒスモンディは返事をしなかった。実は、女はなにも言っておらず、自分の耳が真昼の暑さにおかしくなったんじゃないかと思ったからだ。女は興味を失った様子で、彼からまた目を離した。ヒスモンディは、自分で村を見て回り、勝手に住民台帳を記入してもいいのではないか、こんな寒村のデータをいちいち確かめる奴もいないだろう、などとも考えたが、それにしたところで、迎えの車は翌日まで戻ってこないわけだ。彼は子どもたちに近づいてみた。彼らの口からなにか聞けるかもしれない。犬は子どものひとりの脚の上に鼻面をのせたまま、身じろぎひとつしない。ヒスモンディは声をかけた。ふたりのうち、ひとりだけがゆっくりと彼に顔を向けて、わずかに唇を動かし、笑顔のような表情を浮かべた。足は裸足《はだし》のまま、寝台の外にぶら下がっていたが、床をまだ踏んでいなかったのか、汚れていなかった。ヒスモンディは、屈んで、子どもの足先に触れてみた。なにが彼をそうさせたのかはわからない。おそらく子どもがまだ動けるかどうか、まだ生きているかを知る必要があっただけのことだろう。子どもがぎょっとして、彼の顔を見た。ヒスモンディは立ち上がった。彼のほうも部屋の真ん中に立ちつくして、子どもをぎょっとしながら見つめ返した。だが、彼が怖くなったのは、子どもの顔でも、沈黙でも、あたりの静けさでもなかった。彼は、なにもない棚や、テーブルに積もった埃《ほこり》を見渡してから、最後に、部屋にただひとつだけあった容器に目を留めた。とって、中身をテーブルの上にあけてみた。彼は二、三秒のあいだ呆然としていた。目にしている光景が信じられないまま、テーブルに散らばった粉に触れた。道具箱や棚の類を調べた。缶や箱や瓶の蓋《ふた》をすべて開けた。なにもなかった。食べるものも飲むものも。役に立たない道具類ばかりだ。かつてはなかになにかがあったはずの入れ物しかない。彼は子どもたちにではなく、まるで自分自身に問いかけるようにして、おなかはすいていないのか、と尋ねた。誰も答えなかった。

「のどは？」寒気に声が震えた。

子どもたちは、まるで言葉がわからないかのように、不思議そうに彼を見た。ヒスモンディは部屋を飛び出し、袋を置いてあった場所まで走って戻ると、片方の袋だけを抱えて先ほどの家まで戻った。はあはあ息をつきつつ、子どもたちの前で立ち止まった。テーブルの上に、袋の中身をぶちまけた。最初につかんだ小さい袋を歯でこじ開け、なかに詰まっていた砂糖を掌に盛った。子どもたちが見ている前でしゃがみ込み、掌を差し出した。だが、ふたりとも、その意味を理解していないようだった。そのときヒスモンディは、人の気配を察し、おそらくこの谷間に来てから初めて、吹く風の冷気を肌に感じた。

立ち上がって、あたりを見回した。砂糖が少し、床にこぼれ落ちた。先ほどの女が、敷居のところに立って、彼を睨《にら》みつけていた。それは先ほどまでの眼差しではなく、なにかぼんやりと風景を眺めているのでもなく、明らかに彼を見つめていた。

「なんの用なの?」彼女は言った。

それはごくありきたりの眠そうな声だったが、聞いている彼が驚くほどの威厳に溢《あふ》れていた。子どものひとりがベッドから起き上がり、砂糖を握った彼の手をじっと見つめていた。女はテーブルの上に散らばった食料品の袋を眺めてから、血相を変えて、彼のほうを振り返った。犬が立ち上がって、テーブルの周りを落ち着きなく回り始めた。ドアや窓から男たちや女たちがなかをのぞきこみ、その背後から、次々に人の頭が現れて、その数はどんどん増えていった。犬たちも集まってきた。ヒスモンディは掌の砂糖を見つめた。今度こそ、ようやくみんなが、彼に注目していた。彼にはほとんど見えなかったが、子どもが小さな手を伸ばし、その湿った指で砂糖を撫《な》でているうちに、やがて、その目がうっとりと輝き始め、唇がまるで甘いという味覚を今急に思い出したかのように、もぞもぞと動いた。子どもがその指を口まで運んだ瞬間、全員が凍りついた。ヒスモンディは、手をひっこめた。彼は、自分を見つめている人たちの顔に、最初はわからなかったある表情が浮かんでいるのを見た。そのとき、胃のあたりを、深々と切り裂かれたような気がした。彼は膝から崩れ落ちた。握っていた砂糖があたりに散らばり、そして、飢えの記憶が、疫病のごとく谷間に広まろうとしていた。

ものごとの尺度

La medida de las cosas

エンリケ・ドゥベルについて私が知っていたのは、生まれついての金持ちであるということと、ときどきどこかの女といっしょにいるのを見かけることはあっても、いまだに母親と暮らしているらしいことだった。日曜にはよく、オープンカーに乗って、広場の周りをドライブしていた。なにかもの思いに沈んでいて、通りがかりの人たちを見ようともしなければ、声をかけようともせず、そのまま姿を消し、そして次の日曜にまた現れるのだった。私は父から継いだおもちゃ屋を営んでいたのだが、ある日、エンリケが店のショーウィンドーを熱心にのぞきこんでいたことがあった。妻のミルタにそのことを伝えると、だれか別人と間違えたんじゃないの、と言う。しかし、次にドゥベルを見たのは、妻のほうだった。彼はときたま午後に店の前で立ち止まり、少しのあいだ、ショーウィンドーをのぞきこんでいった。初めて恐る恐る店に入ってきたときは、どこか恥ずかしそうにしていて、自分でも、なにを探しているのか、わかっていないようだった。彼はカウンターまで行き、そこから陳列棚を見渡した。私は彼が口を開くのを待った。ドゥベルはしばらく車のキーホルダーをいじったあと、ようやく、ある飛行機のプラモデルが一箱欲しい、と言った。私はプレゼント用の包装もできると伝えたが、彼はそれを断った。

ドゥベルは何日か後にまたやってきた。例によって、ショーウィンドーをじっくり見物したあと、別のプラモデルを抱えてきて、これをくれ、と言った。集めているのか、と私が尋ねてみると、いいやと答えた。

彼は、それからたて続けにやってきて、車、船、電車の模型を買っていった。ほぼ毎週店に寄るようになり、毎回、なにかを買ってくれた。そしてある夜、私が店のブラインドを下ろそうとしていると、表のショーウィンドーの前に、彼がひとりで立っていた。時刻はもう九時を回ろうとしていて、通りにもほとんど人がいなかった。最初はだれかわからなかった。顔を赤らめ、目を泣き腫らし、ぶるぶる震えているその男が、どうやらあのエンリケ・ドゥベルであるということを理解するのにしばらくかかった。彼は怯《おび》えているようだった。いつもの車が見えなかったので、一瞬私は、強盗にでもあったのかと思った。

「ドゥベル、君かい？　どうしたの？」

彼はあいまいな仕草をした。

「ここにいたほうがいいんです」と彼は言った。

「ここに？　でもお母さんは？」と言ってから後悔した。怒らせたかもしれない。でも彼は言った。

「母は二度と僕に会いたくないって。放り出されて鍵をかけられたんです。鍵は二度と開けない、これは全部私のものだ、車も渡さない、そう言われました」

私たちは互いにどうしていいかわからず、しばらく見つめ合った。

「僕はここにいたほうがいいんです」と彼がさっきと同じことを言った。

私はミルタが賛成してくれるはずがないと思ったが、月の上がりの二十パーセントはこの男からもらっていたことも事実なので、追い出すわけにはいかなかった。

「でもねえ、君……この店に寝るスペースはないんだよ」

「宿泊代は払います」と彼は言い、それからポケットをさぐった。「お金ならここにありますし……それに仕事もやれます。きっと僕にできる仕事があるはずだ」

賢明な判断でないことは承知の上で、私は彼を店に通した。なかは暗かった。明りがついて、ショーウィンドーが見えたとたん、彼の目が輝いた。私はなんとなく、ドゥベルがその夜は眠れなさそうな気がして、彼をひとりで残していくのが怖くなった。棚のあいだには、日中整理し切れなかった箱が山積みになっていて、いきなり仕事を彼に任すのもどうかという気もしたが、少なくともそれで気は紛れるだろうと考えた。

「そこの箱を整理してもらえるかな?」

彼は頷いた。

「みな明日には店に出したいんだが、あと品目別に分類する作業が残っていてね」彼は私が商品に近寄ると、そのあとについてきた。「たとえばジグソーパズルはジグソーパズルだけでまとめる。それぞれの場所を決めて、そこに揃えて陳列するんだ、そこの棚の裏にね。もし……」

「よくわかりました」ドゥベルが私の話を遮って言った。

翌朝、私はいつもより数分早く店に着いた。ブラインドは上がっていて、要らなくなった明りは消されていた。店に一歩入った瞬間、私は、ドゥベルをひとり残した決断が大きな過ちだったことに気がついた。商品は、本来あるべき場所に、ひとつもなかった。もしその瞬間に客が入ってきて、特定のスーパーヒーロー人形を注文したら、それを探すだけで、きっと昼までかかっていただろう。彼は、店内を七色に塗り替えてしまっていた。カラー粘土も三輪車も、すべてがごた混ぜで、陳列されていた。ショーケース、陳列棚、壁際の台、店の隅から隅までが、色で溢《あふ》れ返っていた。どうやらこの光景を、店の破滅の始まりとして、いつまでも覚えていることになりそうだ、と思った。そして、彼に、出て行ってくれ、と言いかけたとき、完全に心を決めたそのとき、店の外から、ひとりの母親とその子どもたちが、まるで私には見えない素晴らしいなにかが棚のあいだで動いているかのように、店内を食い入るように眺めていることに、気がついた。ちょうど学校の登校時間帯で、その時刻、店の周りはいつも、子どもたちやそれを送る親たちでごった返す。そして、そうした親子の多くが、まるでどうやってもそうせざるをえないかのように、うちのショーウィンドーの前で次々と立ち止まるのだった。あの日の朝ほど商品が売れたことはない。昼前には、店はもう、満員になっていた。注文された品を探すのは容易ではなかったが、ドゥベルは驚くべき記憶力を発揮して、私が品の名を言うと、頷いて、さっと取ってきてくれるのだった。

「エンリケと呼んでもらえますか」その日彼が言った。「よければですけど……」

色の種類で並べ変えたことで、前は見向きもされなかったような商品が目立つようになっていた。たとえば、ターコイズ系の品の列のいちばん後ろには、緑色のテールフィンとカエルの笛が並び、いっぽう、茶色い地面に氷河がかぶさるジグソーパズルの箱は、同じものを、氷河を内側に向けて円形に並べ、その真ん中にバレーボールと白いライオンのぬいぐるみを重ねて、全体を大きな雪山に見立てていた。

その日、そしてそれ以来、毎日のように、店は昼休みのあいだも開けるようになり、閉店時刻も少しずつ遅くなっていった。エンリケはその日も、次の日からもずっと、店で寝ていた。倉庫の一画を彼のために空けてはどうか、とミルタに言うと、彼女も賛成してくれた。最初の数日は、床にマットレスをひくだけで我慢してもらったが、すぐにベッドを調達してやった。エンリケは、週に一度、夜のあいだに店の模様替えをした。たとえば、大きな組立用の積み木を組んで、さらに窓辺には様々なおもちゃを積み上げて塀をつくり、そのところどころに穴を開け、店内の明りを調整し、そうやって、棚をまたぐ巨大な城を組み立てたりした。私はきちんと給料を払うと言ったが無駄で、彼はお金に興味を示さなかった。

「ここにいるのがいいんです」と彼は言った。「お金よりもね」

彼は店から一歩も出ることがなかった。食事は、ミルタが夜に運んでくるもので済ませていた。ミルタも、最初はパンにハムを挟んだだけの簡単な食事を届けていたが、そのうちに、毎食きちんと工夫して料理するようになった。

エンリケはプラモデルには決して触れなかった。棚のいちばん上に積み重ねたままにしていた。彼が場所を移さないのは、プラモデルだけだった。いっぽう、ジグソーパズルとテーブルゲームは、好んで自らやっていた。朝の開店前に店に着くと、エンリケがお決まりのミルクのグラスを脇に置いて、チャイニーズチェッカーをやったり、巨大な秋の光景の最後のピースをはめ込んでいることもあった。彼は、ゲームやパズルをやっている最中は黙りこんでしまうのだが、それでも接客だけは忘れなかった。彼は、朝起きると必ずベッドメイクをし、物置部屋を掃除し、食後には床を掃いた。それがすべて終わると、必ず私のところか、仕事が忙しすぎて店のカウンターに立つようになっていたミルタのところまでやってきて、ベッドメイクが完了しましただの、床を掃き終えたところですだの、あるいは単に「完了です」とだけ報告をしにきて、ミルタの意見ではあまりに従順過ぎるというその態度が、逆に私たちの心配の種になり始めていた。

ある朝、私は、彼がもういつものおもちゃで遊んでいないことを知った。代わりに、関節人形や動物のぬいぐるみや積み木などを使って、テーブルの上に小さな動物園をこしらえていて、朝食代わりのミルクを飲みながら馬場の柵を開けて、なかの馬のぬいぐるみをひとつずつ、小山に見立てたプルオーバーの麓《ふもと》まで、トコトコ走らせたりしていた。私は声をかけてから、カウンターに戻って仕事を始めた。こっちへやってきたエンリケは、恥ずかしそうにしていた。

「ベッドはもう終わりました」と彼は言った。「部屋も片付けましたし」

「そんなことはいいんだよ」私は言った。「つまりだね……ベッドメイクなんて、してもしなくてもいいんだ。あそこは君の部屋なんだぞ、エンリケ」

こちらの意図をわかってくれているものと思ったが、彼は、なおも恥ずかしそうに床を見つめて、こう言った。

「すみません、あんなことは二度とやりませんから。ありがとうございます」

エンリケは、テーブルゲームやパズルの整理もしなくなった。棚のいちばん上にプラモデルといっしょに重ねてしまい、客が特に注文した場合にだけ取り出すようになった。

「ちょっと言ってちょうだいよ」ミルタが言った。「ジグソーパズルを扱わなくなったと客に誤解されるじゃない……」

だが、私は結局なにも言わなかった。売り上げは良かったし、彼を傷つけたくはなかったのだ。

やがて、エンリケは、食事をときどき拒むようになった。彼は、肉とピューレと簡単なパスタを好んだ。それ以外の料理をもっていくと手をつけないので、そのうちに、ミルタも彼の好きなものだけを作るようになった。

客がたまにチップを置いていくことがあって、エンリケはそれをためて、店の品にあった、スポーツカーの浮き彫りが入った青いプラスチックカップを買った。朝食にそれを使うようになり、やがて朝に例のベッドメイクと部屋の掃除の報告をしにくるとき、こう付け加えるようになった。

「カップも洗いました」

ミルタが心配そうに語ったところによると、ある日の午後、ひとりの子どもを相手に遊んでいたエンリケが、いきなりその子の手から小さなスーパーヒーロー人形をとりあげて、それをその子に返すのを拒んだそうだ。子どもが泣き出したのを見たエンリケは、怒って、その場を去り、物置部屋に閉じこもってしまったという。

「私がエンリケをとても可愛がっていることは知っているでしょう」その夜、妻は私にこう言った。「でも、ああいうことを許してはいけないんじゃないかしら」

彼は、陳列の模様替えをするときには相変わらずの才能を発揮していたが、そのいっぽうで、関節人形や積み木を使うことがなくなり、棚の最上段のテーブルゲームやプラモデルの上に放置するようになった。模様替えの対象、すなわち客の手が届くところにあるおもちゃの種類は徐々に少なくなり、同じものばかりが増えていって、幼い子どもの気を引くようなものがほとんどなくなっていった。売り上げは徐々に下降線を辿《たど》り、店は再び閑散とし始めた。ミルタの助けも要らなくなり、ついに彼女がカウンターに立たなくなると、店は再び私とエンリケだけの空間になった。

　エンリケを見た最後の日の午後を覚えている。彼はお昼を食べず、空のカップをもって棚のあいだを歩き回っていた。悲しげで孤独に見えた。なんだかんだ言って、ミルタも私もずいぶんと彼に世話になった気がして、私はひとつ、彼を元気づけてやることにした。エンリケが手伝ってくれるようになってから触れてもいなかったスライド式の梯子《はしご》を登り、棚のいちばん上まで行った。輸入物の古い蒸気機関車の模型を選んだ。店にある模型でいちばん精巧な品だった。箱によると千以上の部品があるらしく、電池をいれるとランプがつくという。私はプレゼントを抱えて梯子を降りると、カウンターからエンリケを呼んだ。彼は、うつむいたまま、棚のあいだを歩き回っていた。私がもう一度名前を呼ぶと、彼は怯えるようにうずくまり、そのまま動かなくなった。

「エンリケ……」

私は箱を置いて、ゆっくり近寄った。彼は、しゃがんで、両脚を抱きかかえた格好で、すすり泣いていた。

「エンリケ、君にあげたいものがあるんだよ……」

「もうだれにも叩かれたくない」彼が言った。そして、一息ついてから、しくしく泣き続けた。

「でもエンリケ、だれもそんなことは……」

私は彼のそばにしゃがんだ。すぐにでも箱をとってきて、それを、その特別なプレゼントを渡してあげたかったが、彼のそばから離れられなかった。ミルタがいれば、こんなときどうすればいいか、どうすれば彼を落ち着かせてやれるか、教えてくれただろう。そのときドアが乱暴に開いた。棚の下の隙間から一足のハイヒールが歩いてくるのが見えた。

「エンリケ！」強い高圧的な声だった。

ハイヒールが止まり、エンリケが怯えて私を見つめた。なにか言いたそうにしていた。

「エンリケ！」

ハイヒールが再び動き出し、今度は我々のしゃがんでいる場所へ一直線にやってきて、ひとりの女が棚のこちら側に姿を現した。

「エンリケ」女は恐ろしい形相で近付いてきた。「いったいどれだけ探したと思っているのよ、この馬鹿！」女はそう叫び、しゃがんでいる彼に張り手を一発食らわせ、よろめかせた。

女はエンリケの手をつかんで、強引に引っ張った。彼女は私のことを罵《ののし》り、床に落ちていたカップを蹴飛ばし、エンリケをほとんど無理やり引きずり始めた。ドアの前で、エンリケがよろめき、転倒するのが見えた。床の上で、彼は、私のほうを振り向いた。その顔が歪んで、今にも泣き出しそうになった。こちらに手を伸ばし、その小さな指は、息子を立たせようと怒りに燃えて屈んだ母親からなんとか逃れようと、精一杯もがいているように見えた。

弟のバルテル

Mi hermano Walter

弟のバルテルは鬱《うつ》だ。妻と僕とで、毎晩仕事から帰宅する前に、会いに行っている。食べるもの——弟はフライドポテトとチキンが大好きだ——を買い、九時ぐらいに弟の家のベルを鳴らす。弟が「誰ですか……？」と尋ねる。すると妻が「私たちよ！」と言う。すると弟が「ああ……」と言って、ドアを開けてくれる。

毎日十人以上の人間が、弟に電話をかけてきて、その様子を尋ねる。弟はしぶしぶ、まるでとても重たいものでも持ち上げるようにして、受話器をとり、こう言う。

「はい？」

すると電話の相手が、まるで弟が馬鹿話を栄養にしていると思いこんでいるかのごとくに喋りまくる。誰だったのか、なんの用だったのかとあとで尋ねても、彼には答えられない。そんなことは、弟にとって、まったくどうでもいいのである。弟の鬱はあまりにひどく、僕たちがそこにいることすら気にかけない。彼にとっては誰もいないのと同じなのだから。

たまの土曜日には、母とクラリスおばさんが、弟を社交クラブの大人のパーティーに連れだすこともある。そんなときバルテルは、四十代の女性の誕生日や、独身お別れや、新婚を祝うパーティーに混じって、ぽつんと座っている。ごくごく単純な物事にも常に摩訶不思議な側面を見出すのが得意なクラリスおばさんは、バルテルの鬱がひどくなればなるほど、周りの人間が幸福になる、などと言う。これはまったく馬鹿げた話だ。しかし、実際、数か月前から、家族の調子がみんな上向きになっていることも確かなのだ。姉はとうとうガルドスと結婚したし、母は、例のクラブのパーティーで、弟のいるテーブルで仲間とシャンパンを飲み、ゲラゲラ笑っている最中、現在同棲しているキト氏と知り合った。キトは癌《がん》を患っているが、たいへん精力的な人物である。常に上機嫌で、母に対して思いやりがある。彼は、クラリスおばさんの幼馴染《おさななじみ》で、穀物農場のオーナーだ。ガルドスと姉は街から遠くない場所に農場を買い、僕たちは週末にそこで集まるのが習慣になった。僕と妻は土曜の朝早くにバルテルを拾い、昼ごろには農場で家族みんなと合流して、ワイングラスを手に、炙り肉《アサード》が焼けるのを待ち、屋外で陽の光を浴びるという途方もない幸せをかみしめるのだ。

これまでに一度だけ、僕たちが集まらなかった週末がある。バルテルが風邪をひいてしまい、僕たちの迎えの車に乗らなかったからだ。彼が来ないことを家族に知らせるべきだと思い、電話をかけた。すると、家族みんなが電話をかけ合って、僕の弟なしで集まるのはいかがなものか、という話になり、ガルドスが肉を焼き始めたころには、もう全員がその日のお出かけを断念していたのだった。

今では、クラリスおばさんもガルドス農場の支配人と付き合い始めていて、家族は、バルテルを除いて、全員がカップルになっている。弟を最初にガルドス農場へ連れていったときに、彼が自分で選んだ椅子が炙り肉《アサード》用の屋外グリルのそばに置いてあって、弟はいったん座ると、そこから立ち上がろうともしない。たぶん、そこが日陰になっているのが、いいのだろう。私たちは、できるだけ彼の周りから離れないようにして、声をかけて励ましたり、そばに寄ったりする。とりとめもない話題を選び、常に楽観的な調子で話しかけるようにしている。お互いとても仲がよい姉と妻は、その週にあった出来事をいちいちとりあげる。ふたりは必ず、キトの癌治療の目覚ましい成果と、ガルドスの農場経営の順調さを話題にし、さらには、単に僕たちがみんな大好きだという理由から母の話もする。だが、いつまで経っても、バルテルは鬱のままだ。表情も弱々しくなり、次第に悲しみを増している。ガルドスがそのあたりで有名な町医者を連れてくると、彼は、バルテルの症状にすぐさま興味を抱く。椅子をもってこさせて、弟の前に座る。心を割って話したいので、少しのあいだふたりきりにしてくれないか、と言う。僕たちは、ガルドスの屋敷の軒下で、ふたりを待つ。食前酒を手にしたまま、とりつくろった話をしているうちに、先生が例の日陰から戻ってくる。満足げで、自信たっぷりの様子だ。さっきより若々しくなりましたね、見るからに潑剌《はつらつ》とされていますと、と僕が声をかけると、先生も僕について同じことを言う。彼は、バルテルには時間が必要だが、治ることを確信した、と言う。こんなわけで、先生と僕たちはすっかり意気投合する。その週のうちに、僕たち家族は電話で連絡をとり合い、先生はとてもいい人だ、ということでみんなの意見が一致し、バルテルの治療を本格化させてもらおうと、彼を週末ごとに農場へ招くようになる。先生はお金をとらない。先生の奥さんも農場へやってきて、僕の妻や姉とお喋りし、その週のあいだにみんなで繁華街にお出かけして、映画や芝居を見る約束をしたりする。いっぽう、先生とキトとガルドスは、バルテルを囲んで楽しくお喋りをし、煙草を吸い、たまに弟を元気づけようと冗談を言ってみたり、互いの仕事の話で盛り上がったりしている。実は、三人は新しい穀物事業に乗り出している。キトの会社が出資をし、ガルドスの農場を使って、先生が何週間もかけて研究したもっとも健康によい方法で穀物栽培を展開しているのだ。僕もこのプロジェクトに巻き込まれ、ほとんど毎日のように農場へ来なくてはならなくなり、やがて、妻が妊娠したのを機に、思い切って農場に引っ越し、ついでにバルテルも連れてくる。弟は、生活環境の変化について、実質ひと言も文句を言わない。弟が一緒にいると、弟が例の椅子に座っているのを見ると、弟が僕たちの近くにいると思うと、僕たちはほっとする。

新しい穀物事業は順調に拡大し、農場に従業員が増え、卸業者も大勢やって来るようになる。人々はにこやかだ。僕たちの経営方法と、僕たちが提示する価格に、みんなとても満足しているようだ。プロジェクトを信用してくれている。僕たちは、楽観主義のエネルギーに突き動かされ、週末にそれを炸裂させる。ますます参加者が増えてきたガルドスの炙り肉《アサード》パーティーで、みんながワイングラスを片手に、わくわくしながら肉が焼けるのを待つ。もう、なにもかもが順調だ。それに、これだけ人が増えたこともあって、バルテルがひとりきりになることが、まずなくなった。みんなが先を争って、弟のそばにいてくれるということがわかり、僕たちは、胸をなでおろしている。先生が弟のそばの日陰に置いたあの椅子をみんなが奪い合い、なんとかして弟を喜ばせようとしたり、最新のニュースを聞かせたり、その気になって頑張れば人がどれほど幸せになれるかを、身をもって教えたりしている。

事業は拡大する。キトの癌はとうとう完治し、僕の息子は二歳になる。息子をバルテルの膝の上に乗せてやると、にっこり笑って手をたたき、ボク・シアワセ、トテモ・シアワセ、などと言う。クラリスおばさんは農場支配人との新婚旅行に出かける。ふたりはヨーロッパ地中海周遊ツアーを二か月満喫する。帰国したふたりは、同じくメキシコのカリブ海沿岸から帰国した姉夫婦とくっついて離れず、午後のあいだずっと互いの写真を交換しあっている。彼らは四人そろってカジノへ出かけることもあり、そんなときは、必ず大金を稼いで戻ってくる。すべてがとんとん拍子で進んでいる。儲けた金と、市長直々のバックアップを得て、ガルドス農場を中心とする新会社が設立され、この新会社が競合関係にある穀物系企業をすべて傘下に収める。翌年の新年パーティーには、農場の周囲にある町の人々全員（実質上みんながガルドス農場絡みの仕事をしていたので）と卸業者たち、そして一族の友人とその知り合いが招待される。炙り肉《アサード》パーティーは夜を徹して行なわれる。客の持ちこみは一切なし、すべては会社側が提供する。バンドが一九三〇年代風のジャズを演奏し、座っている人までもが、体を揺らす。子どもたちが花輪を手にテーブルや椅子のあいだを駆け回り、けたけたと笑い転げる。

僕はときどき弟の周りから人々を遠ざけて、ふたりだけの静かな時間をつくり、大丈夫かと尋ねる。弟は黙ったままだが、最後はいつもと同じように必ず目をそらす。今は弟に問いかけるのも難しい。というのも、時刻はちょうど十二時、みんなが乾杯の大声を上げると同時に、夜空を覆い尽くす花火が打ち上げられ、人々が叫んでいっせいに拍手をし、もっともっと、とせがむからだ。椅子に座っているバルテルが、バルテルの背中が見え、そして、僕の息子が花輪をひきずって、そのそばを駆け抜けていくのが見える。そのとき、息子が花輪を落としてしまう。すぐに気がつき、振り向いて、拾おうとする。そのとき、あることが起きる。バルテルが、屈んで、花輪を拾い上げるのだ。その行動はあまりに唐突で、僕は動くことも、声を出すこともできない。バルテルが花輪を見つめ、一瞬、僕の目にすべてが混乱して映る。灰色に。ほんの一瞬のことだ、息子がすぐに弟から花輪を奪い返して、妻のもとへ走って戻っていったから。でも、僕の脚は、なぜか震えだす。ここにいる全員がなんらかの理由で死んでしまうような気がして、いったいバルテルになにがあったのか、こんなひどい予感がするのはなぜなのか、それを考え出すと、もう止まらなくなる。

地の底

Bajo tierra

頭をしゃきっとさせるために、休憩をして、なにかを飲む必要があった。道は暗く、まだ何時間も運転しなければならない。そのドライブインは、数キロばかり走って見つけた、唯一の店だった。なかの明かりが温かそうで、二、三台の車が窓辺に停まっていた。なかに入ると、若いカップルが一組、ハンバーガーを食べていた。奥に、もうひとりの男が背を向けて座っていて、カウンターにはもっと歳をとった別の男がいた。そのそばに私は座った。長旅のあとで、あるいは長時間誰とも話していなければ、誰でもきっとそうしただろう。ビールを一杯注文した。バーテンは太った男で、反応が鈍かった。

「五ペソだよ」と彼は言った。

私が金を払うと、彼はビールを出してくれた。何時間ものあいだ夢にまで見たビールだ、実にうまかった。隣のじいさんは、グラスの底か、あるいは、なにかは知らないがそのグラスに見えるものを、じっと眺めていた。

「ビールをおごってくれたら、こいつが話を聞かせてくれるよ」太っちょがじいさんを指さして言った。

じいさんは目を覚ましたみたいで、私に顔を向けた。おそらく白内障かなにかの初期的兆候だろう、目が妙に灰色がかっていて、あまり見えないようだった。私は、彼がその話とやらの中身を少し聞かせてくれるか、あるいは自己紹介でもするかと思った。しかし、じいさんは黙り込んだまま、なにかが見えたような気がしたけれど、特になにをするつもりもない盲目の犬のように、じっとしている。

「どうだい、あんた」と太っちょが言い、私に目配せをした。「ビールを一杯、じいさんにおごっちゃくれまいか」

ああ、もちろん、と私は言った。じいさんがにっこり笑った。私は太っちょに五ペソを渡し、すると一分もしないうちに、じいさんのグラスは再びビールで満杯になった。じいさんは二、三口ビールをすすってから、機械みたいにこちらを向いた。私は、じいさんがその話をもう何百回となく語ってきたのだろうと思って、一瞬、その隣に座ったことを後悔した。

「こいつは奥地での出来事だ」じいさんはそう言って、食器乾燥機のあるあたりか、あるいは私には見えないその先の想像上の地平線を指さした。「本当に人里離れた奥地の話だよ。そこに村が、鉱山の村があった、わかるかい？ちっぽけな村で、鉱山は操業を開始したばかりだった。だがそこには広場があり、教会があり、鉱山へ続く道はアスファルトで舗装されていた。鉱夫たちは若かった。彼らはみんな、それぞれ嫁を連れてきて、数年もしないうちに、村は子どもでいっぱいになっていた、わかるかい？」

私は頷いた。太っちょの顔を見る限り、明らかに話の内容を知っているらしく、彼はカウンターの端にボトルを寄せながら、こちらの話を聞いている気配もない。

「それで、その子どもらは、一日中外で遊んでおった。家から家を走り回って遊んでいたんだ。ある日、この子どものひとりが、空き地に奇妙なものを見つけた。そこだけ土が盛り上がっていたんだ。たいしたことじゃない、人によっちゃどうでもいいことさ、でも子どもたちにはそれでじゅうぶんだった。最初に見つけたのはほんの二、三人だったが、やがてそのあたりにいた子どもたちがみんな寄ってきて、土の周りに輪を作り、しばらくじっとしていた。そのうちに、ひとりがしゃがんで手で土を掘り始めると、みんなが同じことをし出した。すぐにおもちゃのスコップとか、シャベル代わりになるものを見つけて、さらに掘り進めた。それから夜まで、ずっと子どもたちの数は増え続けた。新しい子どもがやってくると、まるであらかじめ穴のことを知らされていたみたいに、なにも訊《き》かずに仲間に加わった。ついには最初の連中が休憩をとり、新しい子どもたちに場所を譲った。でもそこから決して離れはしなかった。近くに残って、ずっと作業を見守っていたんだ。翌日の子どもたちは準備万端、たぶん親にせがんだんだろう、バケツや台所のお玉や庭仕事用シャベルなどを手にまたやってきた。ただの穴ぼこは、立派な竪穴《たてあな》になっていた。なかに五人か六人が入った。立ってようやく頭が見えるほどの深さだ。なかの子たちがバケツに土を集めて上にいる連中に渡し、今度は上の連中がそれを近くに積んでいく。そうやって、穴のそばにはだんだんとうず高い小山ができ始めたんだ、わかるかい?」

私は頷き、じいさんの話が途切れたのをいいことに、太っちょにビールをもう一杯注文した。じいさんにも一杯おごろうかと尋ねた。じいさんは頷いたが、話を中断されたのが気にいらないようだった。いったん黙りこみ、太っちょが二杯目を目の前に置いてからようやく口を開き、また話に集中し始めた。

「子どもたちは穴にしか興味を示さなくなった。他のどんなことにも気をとられなくなった。掘ってないときには、互いに集まって穴の話をし、大人がいる場所では、ほとんどなにも話さなくなった。子どもたちは大人には文句も言わずに従うが、いつもほかのことに心を奪われていて、大人がなにを言っても『うん』か『いいや』か『いいよ』しか答えなくなった。彼らは掘り続けた。やり方もだんだんうまくなってきて、しょっちゅう交代するようになった。竪穴はさらに深くなっていたから、バケツにはロープを巻いて上げ下げするようになった。夕方、暗くなる前に、みんなで助け合って、なかの連中を引き上げ、穴に蓋《ふた》をして家に帰っていった。親のなかには穴掘りを歓迎する者もいた。村の子どもたちがみんないっしょに遊ぶのはよいことだ、とか言ってね。他の親たちにはどうでもよかったみたいだ。おそらく穴のことを知りもしない親もいたろう。なかには、このことが妙に気になって、子どもたちが寝ている夜のあいだに穴に近づき、蓋を開けてみた大人もいただろうな。でも、なにぶん夜のことだ、子どもたちが掘った空っぽの穴のなかに、いったいなにが見える？　なにかを見つけたとも思えないね。ただの遊びだと思ったはずだ、絶対にそう思っていただろうな、最後の日まで」

じいさんは、それ以上、なにも言わなかった。私は、そのまま待ち続け、話が終わったのかもわからなかった。いくつか質問が思い浮かんだが、どれも口にすべきじゃないように思えた。太っちょを見ると、帰ろうとしている若いカップルを相手にしていた。私は財布を開けてもう五ペソを取り出し、じいさんとの間に置いた。じいさんは金をつかみ、ポケットにしまいこんだ。

「その夜、彼らは子どもたちを見失った。もう暗くなるころのことだ。子どもたちが帰宅するはずの時刻なのに、誰ひとり帰ってこない。みんなが子どもを探しに行ったが、やはり心配した親たちと会うばかりで、なにか事件が起きたのではと疑い始めたときには、もう、村のほぼ全員が家の外に出ていた。彼らはあたりを手当たり次第に探した。学校や、子どもたちがよく集まっていた家を当たってみた。なかにはわざわざ鉱山まで行ってまわりを見て回ったり、子どもがひとりでは絶対に行けないような遠い場所まで足を伸ばした親たちもいた。何時間にもわたって探したが、ひとりも見つからなかった。なにか悪いことが自分の子どもに起きたのではないか、みんな一度はそう考えたろう。子どもが塀から落ちて頭を割るなんていうのはよくある話だ。池で誰かが溺れて、それを助けようとして他の子も巻き込まれることだってある。果物や石やなにかをのどに詰まらせて、あっけなく死んでしまうことだってある。でも、村の子どもみんなが一斉にこの世から姿を消すなんて、そんなことがありえるだろうか? 親たちは議論になった。取っ組み合いの喧嘩をした。おそらく手掛かりがつかめると思ったのだろう、やがてみんなで穴の周りに集まり、蓋を外してみた。おそらく親たちは、呆然として、互いを見つめ合ったことだろうね。どうなっているのか、きっと理解に苦しんだろう。なにしろ、あの穴が、なくなっていたんだから。蓋の下には、ちょこっと盛り上がった地面しかなかった。ちょっとだけ掘り返したとき、たとえば死体を埋めたときなんかにできる、わずかな土の膨らみしか、そこにはなかった。穴が崩れ落ちたか、あるいは子どもたちが埋め直したと考えることもできたが、子どもたちが掘り出した土は脇にまだあって、親たちもそれをその目で見ている。彼らはシャベルを取りに走り、子どもたちが掘っていた場所をもう一度掘り返し始めた。母親のひとりが慌てて叫んだ。

『待って、お願い。そっとよ、そっと……』と彼女は叫んだ。『シャベルの先が頭に当たったらどうするの』数人がかりで彼女を慰めなければならなかった。

そんなわけで最初のうちは手で土をすくっていったが、やがてまたシャベルを使いだした。ところが地面の下はどこまで掘っても土ばかりで、何人かの親たちは諦めてしまい、がっくりして穴から去っていった。何人かは、翌日の夜まで、もう遠慮なく必死で掘り続けたが、結局はみんな諦めて、これまで味わったことのないさびしさをかみしめながら、家に戻っていった。

州知事が村までやってきた。見るからに専門家という連中を連れてきて、穴を調べさせるつもりだった。村人は再三にわたって事件のいきさつを話すよう求められた。

『でも、その穴は正確にはどこにあるのかね?』専門家のリーダーが尋ねた。

『ここです、今いるこの場所です』

『でも、こいつはあんた方が掘った穴だろう?』

知事の寄こした専門家たちは村を歩き回り、家々を調べ、そしてその後は二度と戻らなかった。ここからおかしなことが始まった。なんでも、ある夜、ひとりの母親が、家のなかで妙な音を聞いたらしい。それは地の底から伝わってきて、なにか床の下でネズミかモグラのような生き物が土をザクザク掘っているような音だったそうだ。なにごとかと夫が駆けつけたときには、母親はすでに家具をどけて、絨毯《じゅうたん》を引っ剝《ぱ》がし、床をバンバン叩きながら必死で子どもの名前を叫んでいた。他の親たちにも同じような音が聞こえ始めた。彼らは家具をみな壁際に寄せた。手で床の木材を剝《は》がした。地下室の壁をハンマーでたたき割ったり、中庭を掘り返したり、溜め池の水をかき出したりする親もいた。村の舗装されていない道は、どこも穴だらけになった。彼らはそのなかに食べ物や、コートや、おもちゃを放り入れ、そのあと再び穴を埋めた。村ではゴミを土に埋める習慣がなくなった。墓のなかにあった僅《わず》かな死体も掘りだされた。その後も何人かの親たちは、朝夜となく、まだ手のついていない地面を掘り返し続けたらしい。彼らは、力が尽きるまで、あるいは頭がおかしくなってしまうまで、決して掘るのをやめなかった」

じいさんが、また空になったグラスをじっと見つめたので、私はすかさずもう五ペソを彼に差し出した。だが、話はもう終わりで、じいさんは金を受け取らなかった。

「もう行くのかね？」じいさんが私に尋ねた。まるでその瞬間に初めて話しかけられたような気がした。じいさんは、話はすべて終わった、金をもらった分は語り尽くしたと言わんばかりの表情で、その灰色のあまり見えない目を初めて私のほうに向けていた。

私は、はい、と言った。太っちょに手を振って挨拶すると、彼が流しの前で頷き、そして私とじいさんは店の外に出た。外に出ると、来たときと同じく寒気がした。私はじいさんに、どこかまで送っていきましょうか、と声をかけた。

「けっこうだ、ありがとう」とじいさんは言った。

「煙草はどうです？」

じいさんは立ち止まった。私は煙草を一本抜いて、彼に渡した。コートのポケットからライターを取り出した。火でじいさんの手が浮かび上がった。黒っぽく、ごつごつした、いかにも無骨な手だった。その爪は原始人といっても通りそうな気がした。じいさんはライターを私に返すと、無人の野原へ向かって歩き始めた。私は、腑に落ちない気持ちのまま、じいさんが遠ざかっていくのを眺めていた。

「どちらまで行くんです?」私は声をかけた。「本当に送らなくてもいいんですか?」

じいさんが足を止めた。

「このあたりにお住まいなんですか?」

「仕事がある」とじいさんは答えた。「あっちのほうでな」と言って、彼方の奥地を指さした。

「どういうお仕事です?」

じいさんは二、三秒ためらってから、野原を見つめて、そのあとこう言った。

「わしらは鉱夫だよ」

いつのまにか寒気が消えていた。私はもう数分間、じいさんが遠ざかっていくのを見つめていた。なにか理解する手掛かりはないものかと思い、目を凝らしてみた。じいさんの姿が夜の暗闇に完全に溶け込んでから、ようやく私は車に戻り、ラジオをつけ、フルスピードでその場をあとにした。

アスファルトに頭を叩きつけろ

Cabezas contra el asfalto

人の頭をアスファルトに叩きつけたら――それが仮にその人を説得するためであったとしても――結局は傷つけてしまうかもしれないでしょう。俺がフレドの頭を校庭の地面に叩きつけた日、たしか母には最初こんなことを言われた。俺は決して乱暴な子どもじゃなかったよ、こいつははっきりさせておきたい。本当に必要なとき以外は口もきかず、友だちもいなかったが、敵もいなかったし、休み時間はいつも校庭の騒ぎをよそに、おとなしく教室でみんなが帰ってくるのを待っているような子どもだった。そのあいだ絵を描いていた。そうしていると、時間が速く進んで、周りを忘れていられた。描いていたのは四角い箱とか、パズルのピースみたいにくっつき合っている魚とか。フレドはサッカーチームのキャプテンで、仲間をしたがえてやりたい放題をやっていた。セシリアの親父さんが亡くなったとき、彼女の目の前で死んだ真似をしてみせたようにね。それはよくないことだが、俺は他人の問題には口出ししないことにしていたんだ。ところが、ある日の休み時間、フレドが教室に入ってきて、俺が描いていた絵をかっぱらって、走り去った。俺はあとを追いかけた。それは、パズルピースの魚が二匹それぞれ別の箱に入っていて、その二つの箱が、またそれぞれ別の箱に入っているという絵だった。母が気にいっていたある画家の、箱のなかの箱の絵からヒントを得て描いたんだ、先生もみんなほめてくれたぜ、これは《とても詩的な素材だ》なんて言ってな。校庭で、フレドは絵を二枚に破き、さらにそれを細かく破いた。するとと集まってきた仲間たちがそれを囲んで、みんなで笑った。それ以上細かくちぎれなくなると、一気に紙切れをぶちまけた。俺が最初に感じたのは悲しみだった。でまかせじゃないぜ、俺は、なにかが自分の身に起きるとそれについて自分がどう感じているのかを考えちまうのさ、ひょっとすると、そのせいで少し鈍いというか、人よりぼんやりしてみえるのかもしれないな。そのうちに、俺は体が硬くなってきて、両手の拳を握りしめ、体温が上がっていくのがわかった。俺はフレドを押し倒し、奴の髪の毛をつかんで、地面に頭を叩きつけ始めた。女の先生が叫び、別のクラスの男の先生が飛んできて、俺たちを引き離した。でも、それ以上の大ごとにはならなかった。その日の午後、母から、あなたは相手に大けがをさせるところだったのよ、と言われて、それっきりさ。

中学校でも同じことをやった。絵は描き続けていて、みんなは誰も俺の絵に触ろうとしなかった。俺が善と悪の存在を信じていて、後者に関することは、なんだって毛嫌いしているってことを、みんな、わかっていたんだ。それに、フレドとの一件のせいで、同級生のあいだに、俺に対する一種の尊敬の念が生まれていて、誰も俺にちょっかいを出さなくなっていた。だが、その年、ワルを気取った転校生がひとりいて、こいつがある日、セシリアが前の日に初めて女として体調を崩していたことに気がついた。で、俺がもういつも教室にいるわけではないのをいいことに、休み時間のあいだに入りこんで、セシリアの筆箱を赤の絵具でどぼどぼにした。みんなが教室に戻ってきた。セシリアが、鉛筆を取り出そうとして、指と服を真っ赤に染めてしまった。すると、奴はセシリアに向かって、こいつは売女《ばいた》だ、母親と同じ売女だ、お前らの母親みんなと同じだ、とか叫び出して、で、その理屈でいけば、俺の母親も売女ってことになる。セシリアのことは好きじゃなかったが、俺はそいつの頭を血が出るまで教室の床に叩きつけてやった。先生は俺たちを引き離すのに他の生徒の手を借りねばならなかった。また取っ組み合いにならないよう、みんなが俺たちを押さえているあいだ、俺は奴に、今ので脳みそが柔らかくなったかい、と尋ねてやった。素敵な台詞《せりふ》に思えたもんだが、誰も笑わなかったよ。先生には、連絡帳を埋め尽すほどの注意を書かれ、二日間の停学を食らった。母にも怒られたが、先生との電話では、息子は《かっとなるのを抑えるのに慣れてないんです、あの子はただ、可愛そうな女の子を守ってやりたかっただけなんです》と言ってるのが聞こえた。

それ以来、セシリアはなんとか俺の友だちになろうと、必死になった。まったくあれにはまいったな。できるだけ近くの席を陣取って、こっちをちらちら見てばかりいやがる。ときどきニコッとしたり、手を振ったりもした。友情とか愛とかについて手紙を書き、それを俺の鞄に滑りこませたりもした。絵は描き続けていたよ。母が俺を学校内の美術教室に登録させ、そこへ毎週金曜日に通っていた。先生に、それまで使っていた紙の四倍ほどの大きさもある、A3サイズの画用紙を買わされた。絵具と筆も。先生は俺の絵を生徒たちに見せて、どうして俺が《天才なのか、どうしてそんな絵が描けたのか、彼が筆を捌《さば》くたびに伝えようとしているのはなんなのか》を説明した。教室では、パズルピースのすべてを3Dで描く方法、背景を《リアリズムの枠を破って抽象という概念を表現すべく》ぼかす方法、できのいい作品に保存用のクリアスプレーをかけて《色のインパクト》が失われないようにする方法を学んだ。

俺にとっていちばん大切なのは絵だった。他にもたとえば、テレビを見るとか、なにもしないで寝ているとか、好きなことはあったよ。でも絵のほうが上だった。三年のとき、学校の玄関ホールに飾る絵を競うコンクールがあった。審査員は絵画教室の先生と、校長先生と、校長の秘書。三人の女は《全員一致で俺の代表作》を選び、その絵を学校の玄関ホールに掲げた。そのころセシリアが、あなたはずっと前から私のことが好きだった、と言い始めた。絵の赤い魚は私で、青い魚はあなただと。たくさんの魚がパズルみたいにピタリとはまり合っているのは、私たちが現実にそうだからなのだと。そのうちに、休み時間のとき、ホールに掲げられた絵のすべての魚たちに、誰かが俺たち二人の名前を落書きしていることに気がついた。教室に戻ってみると、黒板にどでかいハートマークの落書きがあって、それを貫く矢に、また俺たちの名前が書いてあった。絵の落書きと同じ字体だったよ。誰もあえて笑おうとはしなかったが、みんながそれを見て、こっそり目配せし合っていた。セシリアが顔を赤くして笑い、自分のノートにその阿呆なハートマークをまだ描き続けていた。俺は彼女を殴りたい気持ちに、フレドや新入りのときと同じ気持ちになってしまった。そして、まだなにも起きていないというのに、彼女の頭がギザギザの床に打ちつけられるのが、髪を振り乱した彼女の頭がガンガン床にぶち当たって、皮膚がずたずたになって、髪の毛が血で真っ赤に染まるのが見えたんだ。俺は自分の肉体がコントロールを失ってセシリアに襲いかかりそうになる気がしたが、すんでのところで、どうにかこらえることができた。そのときひらめいた。自分がなにをすべきかが、はっきりとわかった。俺は二階にある絵画教室をめざして走りだした。何人かの生徒——とセシリア——が追ってきた。俺はドアを開け、ロッカーから画用紙と絵具を取り出して、描き始めた。すべてを描きつくした。ごくごく荒っぽい平面的な絵だった。驚愕《きょうがく》したセシリアの目、そのにきびだらけの湿った額、下には教室の硬い床、彼女の髪の毛に絡まった俺の力強い指、あとはその上から赤をひたすら塗りまくった。

学校でなにを学んだかと訊《き》かれたら、絵を描くこととしか答えられない。ほかにも色々あったが、今となってはなんにも残っていない。中学卒業後は進学もしなかった。床に叩きつけられる頭の絵を描いていれば、大金をもらえる。今は中心街のロフト暮らしだ。上には寝室とバスルーム、下にはキッチン、あとの空間はすべて俺のアトリエだ。金持ちのなかには、自分の頭を描いてくれという奇特な奴もいる。連中は大きな長方形のキャンバスを好み、俺も二メートル四方までの絵なら引き受けている。代金はこちらの言い値。あとで連中のどでかいリビングに飾られているそれらの絵を見ると、改めてその良さにびっくりする。奴らは、自分の頭が俺の手で床に叩きつけられているのを見るに値する人間なんだと思う。絵の前に立って静かにウンウン頷いているその顔は、満足げだ。

女をもちたいとは思わない。何人かとつきあったが、うまくいかなかった。あいつらは遅かれ早かれ、俺に時間をもっと割けと要求したり、本当は感じてもいないことを言えと命令したりする。一度本当に感じていることを言ってみたが、あれは最悪だった。別のときには、かれこれ六回ほどお出かけした女が、私はあなたの恋人だとか言い出して、こっちがなにも言ってないのに、完全にイカれてしまった。あなたは私を愛していない、これからも愛することはないとか勝手に決めつけて、俺に髪を無理やりつかませて、自分から頭を壁に打ちつけながら《殺してほしいの、殺してほしいの》と叫んだ。俺はそういう関係は健全じゃないと思う。俺の代理人は画廊に俺の絵を紹介し、俺のやることなすことすべてに値段をつけてくれるんだが、彼が言うには、女というテーマは俺にはふさわしくないらしい。男性的活力のほうが上だ、なぜなら男性的活力は分散することがなく、モノテマティコだからだ、と彼は言う。この《モノテマティコ》というのは、ひとつのことしか考えないけれど、その対象はなんでもいいということを表す。代理人が言うには、女は出会った直後の《女としてとてもイケてるうちは》いいし、最後の瞬間もいい、なぜなら《私は父親が母親に抱かれて死ぬ瞬間に立ち会った、あれはよい死に方だから》なのだと。でもそのあいだが地獄なのだそうだ。君は君が今やるべき仕事に集中したほうがいい、と彼は俺に言う。彼はデブで、禿《は》げで、周りを気にせず、いつもクンクンと嗅覚を研ぎ澄ませている。名をアニーバルといい、前は画家をしていたが、それについては決して話したがらない。俺は閉じこもるように暮らしているが、アニーバルは母に邪魔をしないよう言ってくれたうえに、昼ごろには必ず食事を届けにやってきて、俺が取りかかっている作品をチェックしていく。ジーンズのポケットに両親指を突っこんで、絵の前に立ち、いつも同じことを言う。《もっと赤を、もっと赤が欲しい》。あるいは《もっと大きく、部屋の隅からでも見えるように》。そして帰り際にはほぼいつも《君は天才だ、て、ん、さ、い、だ》と言い残していく。ときどき、悲しかったり疲れたり、気分がよくないことがあると、バスルームでジーンズのポケットに親指を突っこんで、鏡に向かって《君は天才だ、て、ん、さ、い、だ》と言ってみる。効果があることもある。

俺は昔から右側《上顎部《じょうがく》》の奥の歯二本にひどい穴があって、しばらく前から食いものがいつもそこに詰まるようになった。それが我慢できないほど痛い虫歯になった。アニーバルは俺に、歯医者なら誰でもいいってわけじゃない、歯医者というのは女の次に最悪の人種なのだ、と言った。彼は名刺を一枚もってきて《こいつは韓国人だが名医だ》と言った。そして、その日の午後さっそく、俺のために予約をしてくれた。ジョン・ソーンは若く見えたが、俺と同い年じゃなかろうかと思ったよ。といっても、韓国人の年齢を測るのは少々難しいがね。ジョンは麻酔かなにかを注射してから、二本の歯を削り、できた穴にセメントで蓋《ふた》をした。ずっと笑っていて、俺に痛い思いをまったくさせなかった。俺は奴のことが気にいって、アスファルトにぶつかる顔の絵の話をした。ジョン・ソーンはしばらく黙りこんだが、最後になにかひらめいたような表情になって、《それこそまさしく僕が探していたものだ》と言った。ジョンは韓国料理店で夕食をおごってくれた。本物の韓国料理店、つまり客寄せを狙っていない、入口は小さくてほとんど目立たないんだが、いざ入るとものすごい韓国ワールドが広がっているって場所さ。大きな丸いテーブルがたくさんあったが、そこに二人しか座らない。メニューは韓国語、ウェイターは全員韓国人、客もみな韓国人。ジョン・ソーンは俺のためにわざわざ伝統料理を選んでくれて、ウェイターにその調理法を逐一説明していた。ジョンは診療所の待合室に巨大な絵を描いてくれる人を探していたらしい。《大切なのは絵に歯があることなんだ》と言い、それは俺にとっても面白い案に思えた。彼はこんな提案をもちかけた。つまり、俺が絵を描く代わりに、彼は俺の歯をすべてただで治す。彼は俺に、どうして絵が好きなのか、俺の絵が待合室に架かることがどれだけ評判を呼び、広告効果をもたらすか、いちいち説明してくれた。彼はとにかく話すのが大好きで、最初から最後まで話しっぱなしだったが、俺はそんなふうに彼の話を聞いているのが心地よかった。食事のあと、ジョン・ソーンは周りの席にいた数人の韓国人たちに俺を紹介し、みんなでコーヒーを飲んだ。彼らの話の内容はさっぱりわからなかったが、そうしてつかの間の安らぎの時間を過ごすうちに、俺は自分がとても幸せであることに気づいたんだ。俺には今や、歯医者の友だちがいて、友だちがいるってのはいいことだからね。

俺は何日もかけてジョンの絵を仕上げ、ついにある日の朝、アトリエのソファで目を覚ましたとき、できあがったキャンバスを見て、感謝の念を覚えた。ジョンとの友情が、これまでにない最高の絵を俺にもたらしてくれたからだ。診療所に電話をかけると、ジョンはとても喜んだ。なぜわかったかというと、ジョンはなにか興奮することがあると早口になって、ときどき韓国語が混じるからだ。彼は俺のうちに昼飯を食いにくると言った。友だちが俺のうちに来るのは初めてだった。絵を少し整理して、できのいいのだけを目立つようにした。散らかっている服を寝室に放りこみ、洗っていないグラスや皿の類をキッチンに片づけた。冷蔵庫から食べ物を取り出して、トレイに並べた。ジョンはうちに入るとあたりを眺めまわして例の絵を探したが、まだその《タイミング》じゃなく、そして彼はそういうことを尊重してくれる奴だった。というのも、韓国人というのは礼節のなんたるかを知っている、少なくともジョンがいつもそう言っていたからだ。俺たちは座って飯を食うことにした。俺は彼に、塩はいらないか、なにか温かい飲み物が欲しくはないか、もっとジュースを出そうか、などと尋ねた。でも彼にはそれでじゅうぶんだった。俺は、また別の日の夜にでも来てもらって、いっしょに映画を見たり、お喋りしてもいいかもしれない、ふつうの家族がやるみたいに、ふたりで写真でも撮って、どこかに飾ってもいいかもしれない、とか思った。でもまだなにも言わなかった。ジョンは飯を食い、話し続けた。ジョンは同時にそれをしたが、俺はいっこうに気にしなかった。それが親しい関係というものだし、友だちどうしの仲というものだからだ。どうしてその話題になったのかはわからないが、彼はいつのまにか《韓国人の》子どもたちと韓国における教育について語っていた。あちらの子どもたちは朝の六時に登校し、その日の夜中十二時に下校する。つまり、学校でほぼ一日の大半を過ごしたうえで、残された五時間ほどの自由時間を使って帰宅し、少し寝て、また学校に戻るのだ。そういうことのおかげで、韓国人は世界の他の人々より優れている、他民族から抜きん出ている、とジョンは言った。俺には不快な話だったが、友だちだからといって、そいつの言うことすべてに賛成ってことはないよな、俺はそう思う。まあ、そうやって色々あって、彼のそのお国自慢にもかかわらず、俺たちは和気あいあいとやっていたと思う。俺は微笑んだ。《絵を見てもらいたい》と言った。居間の真ん中へ歩いていった。ジョンが必要な距離を見計らって数歩下がり、俺はタイミングを見計らって、絵を覆っていたカバーをさっとめくった。ジョンの手は、女みたいに細くて小さく、彼はそれをいつも思っていることを表現するために動かしてばかりいる。ところが、このときジョンの手は一向に動かず、まるで死んだみたいにだらりとぶら下がったままだった。俺は、どうかしたのか、と尋ねた。

彼は、歯を描いた絵のはずじゃなかったか、と言った。自分が望んでいたのは、待合室に架ける大きな絵であって、それは一本の大きな歯を描いた絵だったのだと。彼はそのことを何度も繰り返した。俺たちはいっしょに俺の描いた絵を見つめた。黒と白のタイルを敷き詰めた、ジョンのところにそっくりな診療所の床に、韓国人の男の顔が叩きつけられる瞬間だ。この絵に俺の手は描かれていない。ここでは男の顔が勝手に床にぶつかっていて、タイルのつるつるの面に最初にぶつかるのは、つまり落下の衝撃を最初に食らうのはその韓国人の歯の一本、ここに縦のひびが入っていて、直後には真っ二つに割れるであろうことが想像できる。俺は、ジョンがいったいなにを気にいらないのか、まったく理解できなかった、絵は完璧だったからだ。そして、自分がその絵にどんな変更を加えるつもりもないことに、気がついた。そのときジョンが、結局はこういうことなんだよな、と言って、また韓国の教育の話を始めたんだ。彼は、君たちアルゼンチン人は怠け者だ、と言った。働くのが嫌いで、だから国もこんなになってしまっていると。それは今後も決して変わらないだろう、だって君たちはそういう人種なんだから、と彼は言い捨てて、そのまま帰ってしまった。

俺は、ジョンの言ったことすべてに対し、とても腹が立った。なぜなら、彼のいうアルゼンチン人には俺の母やアニーバルも含まれるが、彼らは大変な働き者で、そういう事情を知らない他人にとやかく言われたくないからだ。でもジョンは俺の友だちだ。そうやって俺は怒りをこらえる術《すべ》を学び、今でもそれをとても誇りに思っている。翌日、俺はジョンにメールを送り、そっちの希望どおりに絵を描き直してもいいと伝えた。《美的には》あまり同意できないことだが、と断ったうえで、そっちがもっと広告になる絵を希望していたことは理解できる、と伝えた。それから二日待ったが、ジョンからの返事はなかった。そこでもう一度メールを送った。俺は彼がなにかに腹を立てているのだと思い、もしそうなら理由を正確に知る必要がある、そうでないと謝罪もできないから、と書いた。でもジョンはこのメールにも返事をくれなかった。母がアニーバルに電話をかけて、こういう事態になったのは俺が《とても繊細》だから、まだ《挫折》を味わったことがないからなのだ、と言ってくれた。でも、そんなことは、今回の一件となんの関係もない。返事が来ないまま七日が経ったとき、俺はジョンの診療所に電話をかけてみることにした。秘書が電話に出た。《おはようございます、いいえ、先生はご不在なのです、いやいや、そうじゃないんです、先生は電話には出られません》。俺は、なぜだ、いったい彼はどうしたんだ、どうしてこんな仕打ちをする、どうして会ってくれないんだ、と彼女に尋ねた。秘書は少し黙りこみ、その後《先生は数日間の休養をとられました》と言って電話を切った。その週末、俺はアスファルトに叩きつけられる韓国人の頭の絵をもう六枚描き、アニーバルはそのどれも気にいってくれたが、俺はそれでも怒りが静まらず、ときどきとても悲しい気持ちになったりしていた。数日後にもう一度電話をかけてみた。女の声が出て、おそらく韓国語と思《おぼ》しき、わからない言葉を話した。俺はジョンと話がしたいと言い、ジョンの名前を何度か繰り返した。女はなにか意味のわからないことを、短く、早口で言った。それを二度繰り返した。その後、これまたジョンという名前の別の韓国人が電話に出て、なにかわからないことを言った。

　というわけで、俺はある決心を、重大な決心をした。絵をシーツで包むと、苦労してマンションの外へと運び出し、長々と待ってから、ようやくタクシーをつかまえた。よく空港で待っているような、後部座席がゆったりと広いタクシーだ。俺は運転手にジョンの住所を伝えた。ジョンは俺の住んでいる街から五十区画ほど先にある、ハングルの看板と韓国人だらけのコリアンタウンに住んでいた。運転手は、その住所はたしかなのか、よかったら家の前で待っていようか、と俺に尋ねた。俺はその必要はないと言い、金を払った。運転手が絵を降ろすのを手伝ってくれた。ジョンの家は古くてでかかった。俺は絵を入口の柵にたてかけると、呼び鈴を鳴らして、誰かが出てくるのを待った。近くには人を落ち着かなくさせる家がたくさん並んでいた。なにかを理解できない気分も最悪だが、人を待つ気分も同じく最悪だ。でも待った。こういうことは、友だちなら、誰でもするもんだ、と俺は考えた。数日前に母と話をしたとき、母から、俺とジョンのあいだには《文化の壁》というものがそびえていて、それがすべてをいっそう複雑にしていると言われた。俺は母に、その文化の壁こそが、俺とジョンが闘うべき相手なんだよ、と言い返してやった。やるべきことはただひとつ、ジョンにその文化の壁のことを説明し、どうしてそんなに怒っているのかを知ることだったが、いずれにしても、俺はその文化の壁のことがとても気になってしまい、自分を落ち着かなくさせるもののリストにいちおう含めておくことにした。

居間のカーテンが動いた。誰かが、なかから、こちらをうかがっていた。女の声がインターホンから聞こえてきた。俺は、ジョンに会いたい、と言った。ジョン、ノー、とその女の声が言った。ノー。彼女がほかにも韓国語でなにか言い、インターホンの機械音がして、静かになった。俺はもう一度ボタンを押した。待つ。また押す。ドアの蝶番《ちょうつがい》がきしむ音がし、ジョンより年上の韓国人が出てくると、俺を見て《ジョン、ノー》と言った。怒った表情で眉をしかめていたが、こちらの目は見ず、そのまま家のなかに閉じこもってしまった。俺は気分がよくないことに気がついた。昔みたいに、体のなかで、なにかがおかしくなり始めていた。もう一度ボタンを押した。ジョン、と二度どなった。反対側の歩道を通りかかった韓国人が立ち止まって俺を見た。俺はまたインターホンにどなった。俺はジョンとただ話がしたかった。もう一度彼の名前を叫んだ。なぜならジョンは友だちだからだ。《壁》は俺たちとなんの関係もないからだ。ジョンと俺はふたりでいっしょ、それが友だちってものだからだ。ブザーがまた長々と鳴り響いた。強く押し過ぎたせいで、金属製のボタンが指に深く食いこんだ。道の反対側にいた韓国人が彼らの言葉でなにかを言った。意味はわからなかったが、どうやらなにかを説明しようとしていた。そして俺はもう一度、《ジョン、ジョン》と大声で、まるでジョンの身になにかが起きたかのように、どなった。さっきの韓国人が近寄ってきて、俺を落ち着かせようと、手を差し伸べてきた。俺はボタンを押す指を変えて、なおも叫び続けた。別の家からブラインドの上がる音が聞こえた。俺は息苦しさを覚えた。なにかが体に足りなくなっていた。そのとき、韓国人が、俺の肩に手をかけた。奴の指が、俺のシャツに。そして、それはものすごい痛み、文化の壁って奴だった。俺の体は煮えくり返り、自分がコントロールを失って、かつて何度もあったように、もうなにもかもがわからなくなって、でも、このときばかりは、少し立ち止まって考え直しても、まったく無駄であるような気がした。俺はいきなり振り返り、はずみで、たてかけていた絵が地面に倒れた。韓国人の髪をつかんだ。小柄で、痩せて、年老いた韓国人。十五年ものあいだ、朝の五時に起きて、毎日十八時間もかけて文化の壁を磨いてきた、この糞《くそ》ったれの韓国人。あまりに強く奴の髪を握りしめていたせいで、爪が掌の肉に食いこんだ。そして、それが、俺が人の頭をアスファルトに叩きつけた三度目の経験になった。

人から《その韓国人の頭を御自分の作品の裏側に叩きつけたことには、なにか美学的な意味があったのでしょうか》と訊かれると、俺は上を見て、考えこむようなふりをする。テレビのなかで話している芸術家を見て学んだやり方だ。なにも質問の意味がわからないというわけじゃない。実際のところ、俺はもうなんにも関心がない。俺は法的な問題を抱えている。俺には韓国人を日本人、あるいは中国人と見分ける能力がなくて、そういう奴を見かけるたびに髪の毛をつかんで頭をアスファルトに叩きつける癖があるそうだ。つまり、アニーバルが腕利きの弁護士を雇ってくれて、こいつが俺の《精神疾患》を主張しているわけだが、これは要するに頭がおかしいってことで、法律を相手にしたとき、いちばんの武器になるそうだ。みんなは俺のことを人種差別主義者、《とてつもない悪人》だとか言っているが、俺の絵には何百万ペソもの値がついていて、俺としちゃ、母からよく言われたのと同じことを今は考え始めているところだ。つまり、この世界は愛の欠如という大問題を抱えていて、結局のところ、とても繊細な人々が生きにくい時代になっているってね。

スピードを失って

Perdiendo velocidad

テゴはスクランブルエッグをつくったが、テーブルの前に座って皿を見たとき、食べる気がまったく失せていることに気がついた。

「どうした？」私は彼に尋ねた。

テゴは卵からなかなか視線を上げなかった。

「心配なんだ」と彼は言った。「スピードがなくなってきていると思う」

彼は片腕を、たぶんわざとだと思うが、ゆっくりと、辛《つら》そうにぶらぶらさせ、まるで裁きでも待つかのように、じっと私を見つめた。

「なにを言っているのかさっぱりわからんな」と私は言った。「まだ目がちゃんと覚めていないものでね」

「わしが電話をとるのにどれだけ手間取るか見てないのか？　ドアまで行くのに、水の入ったコップをもちあげるのに、歯を磨くのに……。十字架の道行きなみだ」

テゴはかつて時速四十キロで空を飛んでいたときがある。サーカスの空だ。私が大砲をアリーナの真ん中まで引きずっていく。照明が消えて観客の顔は見えないが、ざわめきは耳に入る。ビロードの幕が開き、銀色のヘルメットをかぶったテゴが登場する。湧き立つ拍手に応えて両腕を上げる。赤い服がアリーナの砂によく映えたものだ。テゴが砲身を登ってその細身の体をなかに入れているあいだ、私は大砲の火薬をいじる。楽団の太鼓が鳴って客が静まり、すべては私の手にゆだねられる。聞こえるのは、ポップコーンががさがさする音と、緊張した咳の音くらいだ。私はポケットから、今も大事にしている、銀のマッチ箱を取り出す。小さな箱だが、きらきら光るので、最上段の観客にもよく見える。私は箱を開け、マッチを一本抜き出し、箱の底の紙やすりの上に載せる。その瞬間、会場中の目が私の手に注がれる。サッと擦ると、火がつく。導火線に点火する。火花のぱちぱちいう音があたりに響き渡る。私が、今にも恐ろしいことが起きそうだという表情を浮かべ、もったいぶって二、三歩後じさりし、観客が次第に短くなる導火線を固唾《かたず》をのんで見守るなか、突然、バンという音。そして、赤く輝く矢のようなテゴが、猛烈なスピードで砲身から飛び出してくるのだ。

テゴは卵料理を脇にどけて、椅子から辛そうに立ち上がった。肥《ふと》っていて、もうけっこうな年だ。肺かどこか悪いのだろうか、背を丸めて、ぜいぜいと苦しそうな息をつき、キッチンの椅子やテーブルにしょっちゅうつかまりながら歩き、そのたびに休むか、なにかを考えこんでいた。ときには単にため息をつき、また歩き続けた。キッチンの出口まで行って立ち止まった。

「絶対にスピードがなくなってきていると思う」とテゴは言った。

彼は卵を見た。

「もう死にかけているんだろうな」

私は単に彼を怒らせるつもりで、卵の皿を自分のほうに近寄せた。

「得意なことができなくなるのは死期が近いしるしなんだ」テゴは言った。

「さっきからそのことを考えていたんだ、人の死期を」

私は卵を味見してみたが、もう冷めてしまっていた。そして、それがテゴと私が交わした最後の会話になった。その後、テゴは居間のほうに三歩ほど無様によろめき、そのまま床に倒れて死んでしまったからだ。

数日後、地元紙の女記者がインタビューをしに来る。私はその記事のために写真を一枚進呈する。テゴと私が大砲のそばに立っている写真で、テゴは銀のヘルメットと赤い服に身を包み、私は青い服を着て銀のマッチ箱をもっている。記者はとても喜ぶ。彼女はテゴについてもっと色々知りたがり、彼の死について特別に言いたいことがないかと尋ねてくるが、私はそのことについてそれ以上話す気がせず、なにも頭に思い浮かばない。彼女が帰らないので、私はなにか飲み物でも出すことにする。

「コーヒーは?」と尋ねる。

「もちろんいただきます!」と彼女が言う。どうやらまだまだ質問を続ける気のようだ。私はガスに火をつけようと、いつもの銀のマッチ箱を擦る。ところが、いくら擦っても、なにも起きない。

草原地帯

En la estepa

草原地帯の暮らしは楽ではない。どこへ行くにも数時間かかり、この巨大な灌木《かんぼく》以外に特に日につくものもない場所。私たちの家は町から数キロのところにあるが、それでもかまわない。住み心地はいいし、必要なものはすべてそろっている。夫のポルが、週に三度町へ行き、虫と殺虫剤についての記事を雑誌に送り、私が用意したリストの品を買ってくる。彼が出かけているとき、私はできれば自分ひとりでやりたい仕事を進める。ポルはこんなことを知りたくもないだろうが、人はやけをおこすと、たとえば私たちみたいに限界まできてしまうと、蠟燭《ろうそく》とか、お香とか、雑誌の占いとか、もっとも単純な解決策がまともな選択肢に見えてくるものだ。豊かさを得るにはたくさんの秘訣があり、そのすべてが信用のおけるものとは思えないので、私はいちばんもっともらしい方法に賭けて、そのやり方に忠実に従っている。それと思われる兆候、ポルや私のなかのほんのささやかな変化、どんなことも細かくノートに書き留めている。

草原地帯は日が暮れるのが遅く、あまり時間は残されていない。懐中電灯と網、準備は万端に整えねばならない。時間が来るのを待っているあいだ、ポルは道具を磨く。直後には汚れるとわかっていながら埃《ほこり》を拭うのが、彼にとってはある種の儀式となっていて、それはまるで、始まる前からすでによりよい方法を考えているような、ここ数日のできごとを入念に振り返って、正すべきことがあるかを確かめ、私たちをあれらのもとへ、少なくともそのうちのひとつ、つまり私たちのそれへと導いてくれそうな兆候がなかったかを考えているかのようだ。

用意が整うと、ポルが私にジャンパーとマフラーを渡し、私は彼が手袋をはめるのを手伝い、そして各自リュックを背負う。裏口から出て、草原の先へと向かう。夜の空気は冷たいが、風は凪《な》いでいる。ポルが前を歩き、懐中電灯で地面を照らす。奥へ行けば行くほど、長い丘陵のなだらかな下り坂になり、そこを私たちは進んでいく。この一帯の灌木は小型で、私たちの背たけほどの高さしかなく、ポルはそのことを毎晩計画が失敗する原因のひとつだと思っている。それでも私たちはめげない。もう疲れ切った夜明けごろに、あれがいくつか、ちらりと見えた気がしたことが、これまでに何度かあったからだ。その時刻になると、私はほとんどいつも茂みに隠れて、網を握りしめたまま、うつらうつらし、豊かに思えることを夢に見る。いっぽうのポルだが、こちらは一種の狩猟動物と化す。草むらを這《は》いつくばって進んでいく彼の姿が見える。彼はしゃがんだまま何時間でもじっとしていることができる。

あれの本当の姿はどんななのだろう、といつも思う。そのことについてポルと話をすることもある。町にいるのとそっくりだとは思うが、たぶんそれよりずっと野性的で、獰猛《どうもう》なのだろう。いっぽう、ポルにとって、あれは町のとはまったくの別物である。彼は私と同じくらい熱心で、どんなに寒くて疲れている夜でも探索を翌日に伸ばすようなことは決してないが、茂みのなかで隠れているときは、まるでなにか野生動物に襲われるのを恐れるかのように、用心深く体を動かす。

今、私はひとりで、キッチンから街道を見つめている。今朝、私たちはいつものように遅くに起き、昼食を食べた。その後、ポルは買い物リストと雑誌に送る記事をもって、町へ出かけていった。でも、もう時刻はすっかり遅く、いつもならもっと前に帰っているはずなのに、まだ姿を現さない。そのときバンが見える。彼は家の近くまで来ると、車の窓から手を振って、出てくるよう合図する。私は荷物を降ろすのを手伝い、すると彼が私に向かってこう言う。

「信じられないだろうね」

「なにが?」

ポルが微笑む。私たちは入り口まで買い物袋を運び、椅子に座る。

「実はね」とポルが言い、両手を擦り合わせる。「ある夫婦と知り合ったんだ、とてもいい人たちだよ」

「どこで?」

私は、彼にただ話を続けさせるために、そう尋ねる。すると、彼がある素晴らしいことを、私には思いもよらないことだったが、すべてを一変させることになるのは明らかな、あることを言う。

「彼らは同じ目的で来たんだ」ポルが言う。その目は輝き、私が早く続きを聞きたくてうずうずしていることを知っている。

「その人たちには、もういるの？　いるのね！　信じられないわ……」

ポルは何度も何度も頷き、手を擦り合わせる。

「夕食に招待された。なんと今夜だよ」

彼が喜ぶのを見るのは私も嬉しいし、私自身も幸せな気持ちになって、まるで私たちふたりのほうが成功したかのようだ。私たちは抱き合い、キスをし、すぐに支度を始める。

私はデザートを一品つくり、ポルはワインと最高級の葉巻を選ぶ。いっしょにお風呂に入り、着替えをしているあいだ、彼が知っていることをすべて話してくれる。アルノルとナベルは、ここから二十キロほど離れた場所で、私たちの家とよく似た家に住んでいる。ポルがその家を見たのは、彼らの車の後ろをついて帰ってきたとき、アルノルがクラクションを鳴らして曲がることを告げ、その際に、ナベルが指をさして、あれがそうだ、と教えてくれたからだ。とてもいい人たちなんだ、とポルが何度も言うので、もう彼らについてそんなにも詳しい彼のことが少し羨《うらや》ましくなる。

「で、どんななの？　あれは見たの？」

「家のなかにいるらしい」

「まさか、家のなかにですって？　誰もつけずに？」

ポルが肩をすくめる。彼がそれをあまり気にしていないのは変な気がするけれど、私は自分の支度を続けながら、彼にもっと話してとせがむ。

まるでしばらく戻らない旅に出るかのように、私たちは厳重に戸締まりをする。コートを羽織って外に出る。道中、私はアップルパイを膝の上にのせて傾かないように気を遣いながら、自分がなにを話すべきか、さらに、ナベルに尋ねたい山のような質問を考える。ポルがアルノルに葉巻をすすめたら、ナベルとふたりきりで話せるかもしれない。そのとき彼女からいちばんプライベートなことを聞けるかもしれない。ひょっとすると、ナベルも蠟燭を使ったり、いつも豊かなことを思い浮かべたりしていたのかもしれない、だとしたら、成功した彼らが、本当はどうすればいいのかを教えてくれるかもしれない。

着いてクラクションを鳴らすと、ふたりがすぐに出てきた。大男のアルノルは赤いチェックのシャツ姿で、長いこと会っていなかった旧友どうしみたいにポルの手を力強く握る。ナベルがアルノルの背後から姿を見せて、私に微笑みかける。仲良くやっていけそうな気がする。彼女も大柄な女性で、痩せてはいたが、背はアルノルと同じくらいあり、また、アルノルと同じくラフな赤いシャツを着ていて、逆に私は、自分たちがばっちり着飾ってきたことを気まずく思う。入ると、その家のなかは、昔よくあった山のロッジのようだ。壁も天井も丸太作りで、居間には巨大な暖炉があり、床とソファの上には毛皮が敷かれている。室内は明るく、暖房で暖かい。正直言って、私の趣味とはかなりずれている内装なのだが、これでもじゅうぶんくつろげると考えて、ナベルに微笑み返す。ソースと肉の焼ける香ばしい匂いが漂っている。アルノルが料理をしているらしく、汚れた大皿を何枚か片付けながら、ナベルに私たちを連れて居間に行くよう勧める。私たちは椅子に腰かける。私たちはナベルにワインと軽いおつまみをもらい、やがてそこにアルノルも加わる。私は今すぐにでも尋ねたい。どうやってあれを捕まえたのか、どんな姿をしているのか、なんという名前なのか、食欲は旺盛か、医者には診せたか、都会のものと同じくらい可愛いのか。なのに、会話は馬鹿らしい話題で引き伸ばされていく。アルノルがポルに殺虫剤について尋ね、ポルがアルノルの商売に興味を示し、その後は互いの車や買い物をする場所の話になり、ふたりとも同じガソリンスタンドの男ともめたことがあるとわかり、あれは最低の奴だということで意見が一致する。そのとき、アルノルが料理の様子を見にいくと言って立ち上がり、ポルも手伝うと言って、その場を離れる。私はナベルのそばの椅子に移る。したい質問をする前に、なにか優しい言葉をかけるべきなのはわかっている。私はその家の素晴らしさを褒め、そしてすぐに尋ねる。

「可愛いの？」

ナベルは頬を赤らめ、微笑む。彼女が恥ずかしそうに私を見つめると、私は胃のあたりがきゅっとなって、幸福のあまり死にそうな気持ちになり、《もういるんだわ、彼らにはもういるんだわ、そして綺麗なのよ》と思う。

「見てみたいわ」と私は言う。《今すぐ見たい》と思い、立ち上がる。ナベルが《こっちよ》と言ってくれるのを期待しながら、廊下を見つめる。ようやくあれを見られるのだ、ようやくこの手で抱けるのだ。

そのときアルノルが料理といっしょに戻ってきて、私たちをテーブルに招く。

「ひょっとして日中はずっと寝ているのかしら？」私はそう尋ねて、まるでそれが冗談であるかのように笑う。

「アナはあれと会いたくてたまらないんだ」とポルが言い、私の髪を撫《な》でる。

アルノルが笑うが、質問に答える代わりに、もっていた大皿をテーブルに置き、レアがいい人、ウェルダンがいい人と順番に尋ね、すぐに私たちはまた食事を囲んでいる。夕食のあいだ、ナベルは口数が多くなる。夫たちが話しているあいだ、私たち妻は、互いの暮らしに共通点が多いことを知る。ナベルが私に植物についての助言を求めると、私は待ってましたとばかりに、豊かさを得るコツについて話してあげる。私はそれを笑い話か、単なる思いつきであるかのように話すが、ナベルはすぐに興味を示し、私は彼女が同じことを実践していたことを知る。

「じゃあ外出も？　夜の狩りも？」私は笑いながら言う。「手袋やリュックも？」ナベルは驚いた顔でしばらく黙りこみ、やがて私につられて笑いだす。「懐中電灯もよ！」と彼女が言い、腹を抱える。「それがまた、あの電池がたいして長持ちしないのよね！」

私はほとんど涙を流しながら、こう言う。

「それとあの網！　ポルの網ったら！」

「アルノルも持って行くわ！」と彼女が言う。「まったく信じられない偶然ね！」

そのとき夫たちが話をやめる。アルノルがナベルを見つめて、驚いた顔になる。彼女はそれにまだ気づいておらず、腹を抱えて笑い、テーブルをドン、ドンと叩いて、まだなにか言いたそうだが、ほとんど息をつく暇もないほど笑い転げている。私はそんなナベルの様子を面白がって眺め、それからポルを見て、彼も楽しく過ごしているかどうか確かめようとすると、そのときナベルが息を吸って、涙を流して笑いながら、こう言う。

「それに銃まで！」彼女はまたテーブルをドン、ドンと叩く。「まったくもう、アルノルったら！　あなたがあんなものを撃つのをやめていれば！　きっと、もっと早く見つかっていたことでしょうね……」

アルノルは、まるで彼女を殺さんばかりの目つきで睨《にら》むが、最後は大げさな笑い声をあげる。ポルを見ると、もう笑っていない。アルノルは、あきらめて肩をすくめると、ポルに同情を求めるような視線を向ける。それから、ナベルに向かって銃を構えて、バンと撃つ真似をする。ナベルがそれを真似る。ふたりはもう一度銃を撃ちあう真似をし、少し落ち着いてから、ようやく笑うのをやめる。

「ああ……よかったなあ……」アルノルが言い、大皿を引き寄せて肉をさらに取り分けようとする。「こういう話が通じる相手とようやく会えたよ……。もっと食べないかい？」

「ところで、今、どこにいるのかな？　見てみたいんだが」ポルがついに言う。

「すぐに会わせてあげるよ」アルノルが言う。

「眠ってばかりいるのよ」ナベルが言う。

「それも一日中だ」

「じゃあ寝ている姿を見るよ！」ポルが言う。

「いやいや、まだだよ」アルノルが言う。「まずはアナがもってきてくれたデザートだ、そのあとはおいしいコーヒーにしよう、それと、実はナベルがいくつかゲームを用意してくれていてね。ポル、君は戦争ゲームは好きかい？」

「でも、あれが眠っているところを見たいんだが」

「だめだ」アルノルが言う。「いやその、そんなところを見たって意味がない。それだったら、また別の日にだって見られるさ」

ポルは一瞬私のほうを見るが、やがてこう言う。

「そうだな、じゃあ、デザートをいただこう」

私はナベルが皿を片づけるのを手伝う。アルノルが冷蔵庫にしまっていたアップルパイを取り出してテーブルまで運び、切り分ける。キッチンではナベルがコーヒーを淹れる。

「トイレは?」ポルが言う。

「ああ、トイレかい……」アルノルが言い、たぶんナベルを探しているのだろう、キッチンのほうを見る。「実はちょっと故障していてね……」

ポルが身振りで、差し迫った用なのだ、と伝える。

「どこだい?」

アルノルは、おそらくしぶしぶという表情になって、廊下のほうを見る。すると、ポルが立ち上がって歩き出し、アルノルも立ち上がる。

「ついていこう」

「いいよ、けっこうだ」とポルは言い、廊下に足を踏み入れる。

アルノルがその後を数歩追いかける。

「その右だ」と言う。「その右がトイレだ」

私はポルがトイレに入るまで、その姿を目で追いかける。アルノルはしばらく私に背を向けたまま、廊下を見つめている。

「アルノル」と私は初めて彼の名を呼ぶ。「デザートを食べない？」

「もちろんだ」と彼が答えて、一瞬私を見るが、また廊下のほうを振り向く。

「さあ、召し上がれ」と私は言い、一枚目の皿を彼の前に押しだす。「気にしないでいいわよ、あの人、時間がかかるから」

わざわざ微笑んであげるが、反応はない。アルノルがテーブルに戻ってくる。廊下に背を向けて、もとの椅子に座る。落ち着かなさそうにしているが、ようやくパイをフォークでひとつ大きく切りとり、それを口に運ぶ。私は驚いた顔をして彼を見つめ、さらにパイを切り分けてあげる。ナベルがキッチンから、コーヒーはおいしかったか、と尋ねる。私が答えようとしたそのとき、ポルがトイレからそっと抜け出して、別の部屋を目指して廊下を横切るのが見える。アルノルが、先ほどの妻の問いに対する答えを期待して、私のことを見つめる。私は、私も夫もコーヒーは大好きで、もちろん今日のもおいしかった、と言う。向こうの部屋の明かりがつき、なにか重たいものが絨毯《じゅうたん》に落ちるような、くぐもった音が聞こえる。アルノルが廊下を振り返りそうになったので、私は彼に声をかける。

「アルノル」彼は私を見つめる。だが、すっと立ち上がる。

またあの音が聞こえ、直後にポルが叫び、おそらく椅子がバタンと倒れる音がする。重たい家具を引きずる音がして、その直後に、なにかが割れる音。アルノルが廊下に向かって走り、壁にたてかけてあったライフルをつかむ。私は立ち上がってその後を追う。ポルがなかを見つめたまま後じさりして部屋から出てくる。そこへアルノルが突き進んでいくが、ポルが気づいて、逆にアルノルを殴って銃を奪い、相手を押しのけて、私のほうに走ってくる。私はどうなっているのかわからないまま、彼に引っ張られて、いっしょに家を出る。背後でドアがゆっくりと閉まる音が聞こえ、その直後に、また乱暴に開く音が聞こえる。ナベルが叫ぶ。ポルがバンに乗りこみ、エンジンをかけ、私はその隣に乗る。車がバックで発進し、一瞬、こちらへ走ってくるアルノルの姿がライトに照らし出される。

街道に入って少し経つと、私たちは黙ったまま、心を落ち着かせようとする。ポルのシャツはびりびりに破け、右袖が肩のあたりでちぎれかけていて、その腕には深い引っかき傷が何本か走り、血が流れている。猛スピードで走るうちに、すぐ我が家が近づいてくるが、車はその前を猛スピードのまま走り去る。私はポルの肩に手をかけて止めようとするが、彼は興奮して息をつきながら、ハンドルをきつく握りしめたままだ。彼は、左右に広がる漆黒の草原地帯をきょろきょろと見渡し、バックミラーで背後をうかがう。おそらくスピードを落とすべきだろう。動物が横断してきたら、巻きこまれて、こちらも死んでしまうかもしれない。そのとき私は、あれらのうちのどれかひとつ、いや、私たちのあれとぶつかる可能性だってあるかもしれない、と思う。それでも、ポルは、アクセルをますます踏みこむ。虚ろな目に恐怖をたたえ、あれとぶつかるというその可能性にすがるかのように。

訳者あとがき

『口のなかの小鳥たち』は南米アルゼンチンの作家サマンタ・シュウェブリンが書いた幻想短編集だ。サマンタは一九七八年生まれ、現在三十六歳、そして本書の初版刊行時の二〇〇九年には三十一歳だった。アルゼンチンは、ホルヘ・ルイス・ボルヘス、アドルフォ・ビオイ＝カサーレス、フリオ・コルタサルといった、質の高い幻想的短編小説を得意とする作家を生み出してきた国だ。そこに久々に現れた本格派の幻想小説作家として、彼女は大いに注目されている。また、本書は英語など各国語に翻訳され、世界の目の肥えた幻想文学ファンからもおおむね好評をもって受け容れられた。日本の皆さんには今回が初紹介となる。


幻想とはなんだろう。

手がかりは私たちが子どものころの思い出にありそうだ。

子どもにとって、世界はわからないことだらけ。そこで子どもたちは、ときにはサンタのようなメルヘンをつくりだしたり、ときには見えない地中のお化けに怯《おび》えたりして日々を過ごしている。

やがて、そういうメルヘンやお化けとお別れする時期が来る。

成長するにつれて、周りの世界はわかりやすく整理されてゆき、サンタは父親の涙ぐましい努力の成果であったことも判明し、かつてはお化けが住んでいた地中は下水管や地下鉄の通り道になってしまう。あんなに親しくしたはずの可愛いぬいぐるみは、もはや何も語らなくなってしまう。あんなに怯えたはずの夜の闇は、気づけば恋人と語らう居心地のいい空間になっている。いつのまにか世界は「わかること」だけの空間につくり変えられてしまったのだ。

現実と非現実の境界線は、子どもにとっては常に曖昧《あいまい》だ。

成長を経て現実の幅が確定していくにつれて、かつてあれほど強い存在感を発揮していた非現実の領域が後退していく。大人になることとは、自分にとっての現実を確かな手ごたえあるものにつくりあげてゆき、同時に、そうした個人的現実を社会的に共有される大規模な現実に適合させていくプロセスにほかならない。

しかし、そうして私たちがつくりあげている《現実》とやらは、叩きかた次第では脆《もろ》くも崩れ去ってしまう分厚いガラス板のようなものだ。大人になってもなお、私たちはときどき、自らにとっての現実が崩壊したかのように感じる瞬間に直面する。

たとえば生活の場所が変化したことによる人間関係の混乱。

あるいは身近な人との永遠の離別。

人類という名の大人もまたこうした問題に直面してきた。暗闇の領域がやたらと広かった前近代という子ども時代を卒業し、民主主義という共生方法の革新と、科学技術という生活手段の革新を経ることで、私たちは今まさに「わかりやすいものばかり」に満ちたすばらしい新世界に住んでいる……と思いきや、改めて世界を見渡せば、そうしたわかりやすい現実を脅《おびや》かす暗闇の力が今なお増殖中であることに気づかざるを得ない。

十八世紀末の英国ゴシック小説からフランツ・カフカを経て今日のＳＦやホラー小説に至るまで、私たちが幻想小説を愛好してきたのは、近代という大きな現実が実は《単なる幻想》にすぎないという事実を忘れないようにするためだったのかもしれない。

そう、幻想とは、現実と非現実の境界線が揺らいでいる時間を指す。そして、優れた幻想小説は、私たちに、あの暗闇への畏怖を再び味あわせてくれる。遠い思春期にお別れしたはずの（今思春期の人はお別れしつつあるはずの）、あの快楽と恐怖とが入り混じった陶酔を呼び覚ますのだ。

中南米の幻想小説は多種多様であるが、地域的な特性も見られる。

たとえばメキシコであるが、ここは現在のメキシコ市がアステカの水上都市テノチティトランを埋め立てたうえにつくられているという事実が示すように、古代文明の魂が地下でまだ生き延びている。メキシコを代表する小説家カルロス・フエンテスの短編小説「チャック・モール」では、そうした地下からの不気味な呼び声が見事に再現されている。カリブ地域ではアフリカの血が騒ぎ出すようだ。キューバを代表する小説家アレホ・カルペンティエールの中編小説『この世の王国』ではこの地域特有の《驚異的現実》がいきいきと描きだされている。二十世紀を代表する伝説的小説『百年の孤独』を書いたコロンビアのガブリエル・ガルシア＝マルケスも、この地域の人々特有の風変わりな現実をリアルに再現してみせた。ちょっと幻想小説が少ないように見えるのがペルーだが、この国はアンデス山岳部に人口の四割近くにもなる先住民共同体を抱えている。西欧文明の産物である小説では把握しきれない空白地帯が現実に存在するという意味では、国自体が幻想小説みたいな状態になっているとも言えるだろう。

そしてアルゼンチン。

白人移民の子孫が大半を占めるこの国における幻想とは、ある種の広場恐怖症にあると言えるかもしれない。南米のパリとも称される華麗なブエノスアイレスを一歩出れば、そこには牛以外になにもない大草原パンパが広がっている。本書でもしばしば、どこまでも続く街道やドライブインが舞台になっているが、そういう場所は、なにか得体のしれないものとつながっている境界線なのかもしれない。また、精神分析学が早くから社会に広まったこの国では、人間の無意識にひそむ異物を意図的に形象化したような作風も根強い。その代表はビオイ＝カサーレスの妻だった短編作家シルビナ・オカンポで、彼女は人間の心の奥底に潜むグロテスクな（生理的に気持ち悪い）情動を漫画のようにサラリと描き続けた。日本でもぜひ読んでもらいたい女性作家のひとりである。

こうした幻想小説の系譜の先端にいるのがサマンタ。

本書におさめられた短編は色とりどりである。純然たる幻想譚《だん》もあれば、ユーモア小説のような展開もあるし、きちんと落ちのあるショートショートもある。

ただし詳しい作品解説は慎んでおきたい。サマンタ本人が、読者が読むという行為を通していっしょに作品世界をつくりあげてもらいたい、と述べているからだ。たとえば穴掘り男が最後に発した台詞《せりふ》の意味、とてもとても気になるところであるが、そこは皆さんが想像を膨らませてほしいと思う。

それでも、訳者特有の老婆心からあえてひとつだけ指摘しておくなら、本書のなかにはいくつか強烈に《邪悪なもの》が顔をのぞかせている。その代表は表題作。細かく読んでいくと、そこに気づいて背筋が寒くなることだろう。

［著者について］

サマンタ・シュウェブリン

一九七八年、アルゼンチンのブエノスアイレス生まれ。ブエノスアイレス大学で現代芸術論を学びつつ文学活動を開始、これまでに『騒ぎの核心』（二〇〇二年）と本書『口のなかの小鳥たち』（二〇〇九年）の二冊の短篇集を刊行、スペイン語圏における新世代幻想文学の旗手とされる。本書は英・独・仏・伊、数か国語にも翻訳され、好評を博した。

［訳者について］

松本健二（まつもとけんじ）

一九六八年、大阪生まれ。大阪大学言語文化研究科准教授。二十世紀ラテンアメリカ文学における前衛表象を研究。訳書にロベルト・ボラーニョ『通話』（白水社）など。

はじめて出逢う世界のおはなし
口のなかの小鳥たち

2014年10月8日　第1刷発行

著者
サマンタ・シュウェブリン

訳者
松本健二

発行者
田邊紀美恵

発行所
東宣出版
東京都千代田区九段北1-7-8　郵便番号102-0073
電話（03）3263-0997

編集
有限会社鴨南カンパニ

印刷所
亜細亜印刷株式会社

乱丁・落丁本は、小社までご送付ください。
送料小社負担にてお取り替えいたします。

ISBN978-4-88588-083-4　C0097